T0063658

UN HOMBRE LIBRE

MARIO ESCOBAR

UN HOMBRE LIBRE

Francisco de Enzinas; el hombre que intentó
conquistar un imperio con la palabra de Dios.

Una novela

MARIO ESCOBAR

ESPAÑOL
BRENTWOOD, TENNESSEE

Un hombre libre: Francisco de Enzinas; el hombre que intentó conquistar un imperio con la palabra de Dios

Copyright © 2023 por Mario Escobar
Todos los derechos reservados.
Derechos internacionales registrados.

B&H Publishing Group
Brentwood, TN 37027

Diseño de portada: B&H Español e Inger Castro

Director editorial: Giancarlo Montemayor
Editor de proyectos: Joel Rosario
Coordinadora de proyectos: Cristina O'Shee

Clasificación Decimal Dewey: 231.8
Clasifíquese: DIOS \ EL BIEN Y EL MAL \ PROVIDENCIA Y GOBIERNO DE DIOS

Ninguna parte de esta publicación puede ser reproducida ni distribuida de manera alguna ni por ningún medio electrónico o mecánico, incluidos el foto-copiado, la grabación y cualquier otro sistema de archivo y recuperación de datos, sin el consentimiento escrito del autor.

Todas las citas bíblicas están tomadas de la Reina Valera Antigua. Reina Valera Antigua 1602 (RV1602) o Biblia del Cántaro Copyright © de dominio público.

ISBN: 978-1-0877-7588-3

Impreso en EE. UU.
1 2 3 4 5 * 26 25 24 23

Agradecimientos

A todos los que aman la libertad y han encontrado al verdadero libertador de sus almas.

A los que han dado sus vidas para que la Palabra de Dios llegara hasta lo último de la tierra.

«Cosa molesta es que los católicos romanos, sobre todo sus compatriotas los españoles, o no hablen en absoluto de Enzinas, o lo hagan en tono muy seco, todo con el objetivo de extinguir la memoria de este gran hombre cuya piedad y valor no morirá nunca».

Richard Simon, 1695

AL INVICTÍSIMO MONARCA DON CARLOS V, EMPERADOR

Siempre augusto, rey de España, etc. Francisco
de Enzinas, gracia, salud y paz.

MUCHOS Y MUY VARIOS PARECERES ha habido en este
tiempo, Sacra Majestad, si sería bien que la sacra Escritura se
volviese en lenguas vulgares. Y aunque han sido contrarios todos
los que en ello han hablado, han tenido buen celo y cristiano, y
razones harto probables. Yo (aunque no condeno los pareceres
en contrario) he seguido la opinión de aquellos que piensan ser
bueno y provechoso a la República Cristiana que por hombres y
mujeres doctos y de maduro juicio, y el mas lenguas bien ejercitados se hagan semejantes versiones: así para instrucción de
los rudos, como para consolación de los avisados, que huelgan
en su lengua natural oír hablar a Jesucristo, y a sus apóstoles
aquellos misterios sagrados de nuestra redención, de los cuales
cuelga la salud, bien, y consolación de nuestras ánimas. Pero,
así por satisfacer a los que son de contrario parecer como por
que ninguno parezca esto cosa o nueva o mal hecha, quiero aquí,
en pocas palabras, dar a V.M. razón de este trabajo, pues a ello
estoy muy obligado, así por ser en lo temporal el mayor de los
ministros de Dios y monarca de la Cristiandad, como por ser
Señor y Rey mío, a quien yo como vasallo estoy obligado a dar
cuenta de mi ocio y negocio. Y también, por decir verdad, por
ser V.M. en las cosas que tocan a la religión cristiana, pastor

tan diligente y celoso de la honra de Jesucristo y del provecho espiritual de su República...».

Dedicatoria del Nuevo Testamento al Emperador Carlos V
por Francisco de Enzinas

Índice

Prefacio

TODA UNA GENERACIÓN SACRIFICÓ SU JUVENTUD, y puso en peligro su vida, por buscar la verdad. No se conformaron con los viejos cánones y dogmas que habían aprendido de sus padres; preferían indagar y escrutar por ellos mismos los viejos saberes que se encontraban ocultos en los libros. A esta época se la llamó Renacimiento.

Los italianos comenzaron a contemplar con interés los grandes monumentos que construyeron sus antepasados, las perfectas estatuas que cubrían todavía algunas villas o aquellas que decoraban los palacios que se levantaron en Italia gracias al incipiente comercio. Deseaban emular la grandeza de Roma y la sabiduría de Grecia, soñar de nuevo con inmensos coliseos, trazar calzadas perfectas o edificar templos de proporciones perfectas como los que construyeron los griegos. Sus abuelos habían erigido imponentes catedrales, pero ellos deseaban descubrir el viejo arte de la arquitectura clásica. Entonces, buscaron los antiguos manuscritos en los monasterios esparcidos por Europa; visitaron las bibliotecas arzobispales y escudriñaron miles de códices que conservaba la sede del papa en Roma. Todo se encontraba en los libros, en los vetustos códices carcomidos por las polillas, el moho y la prodigiosa caricia del tiempo.

Muchos libros de Homero, Hesíodo, Esopo, Esquilo, Píndaro, Sófocles o Eurípides se conservaron en las bibliotecas árabes y pasaron a Europa por España, gracias a su escuela de traductores de Toledo, y así volvieron a las estanterías de los palacios episcopales y los monasterios. Durante siglos, sus únicos lectores fueron los copistas y abades, algunos sabios filósofos medievales y unos pocos y excéntricos reyes. Solo los paladares más exquisitos de Europa podían saborear a Platón, Julio César, Séneca, Apolonio de Rodas, Virgilio u Horacio. El Renacimiento permitió que su saber floreciera e iluminara un nuevo siglo, dando a luz pintores brillantes, escultores sublimes, arquitectos monumentales y audaces escritores. Mientras todas las bellas artes recuperaban su esplendor, en el norte de Europa, hombres como Erasmo de Rotterdam estudiaban los códices en griego del Nuevo Testamento, releían los cuatro Evangelios, escrudiñaban las cartas del apóstol Pablo, los Hechos de los Apóstoles o se quedaban extasiados ante el libro de las revelaciones de Juan. Esos eruditos de la Biblia se dieron cuenta de la gran contradicción que había entre las enseñanzas de la Iglesia, su predicación, su estilo de vida y las palabras de Jesús. Así, un viento recio e imparable sacudió Europa, desde Alemania hasta Francia, de Suiza a los Países Bajos, desde Inglaterra hasta Transilvania: la imprenta expandió las nuevas ideas que no eran otras que las antiguas y hermosas palabras de Jesús durante Su estancia en la tierra.

Los obispos temblaron, los reyes miraron incrédulos cómo se sacudían los cimientos de su poder frente a un ejército de predicadores, cuyas únicas armas eran sus palabras, que consiguieron que todo el continente comenzara a gritar al unísono el hermoso sonido llamado libertad.

Aquellos vientos soplaron contra los muros de un imperio que empezaba a levantarse, chocaron contra sus altas torres y por pequeñas grietas permitieron que entrase la esperanza y la verdad.

Muchos españoles descubrieron en las aulas de París, Londres, Lovaina, Zúrich o Milán las nuevas verdades, que en el fondo no eran otras que las verdades eternas. También en Salamanca y en su vetusta universidad o en la reluciente y recién terminada de Alcalá de Henares retumbaron los ecos de la Palabra de Dios.

Aquellos primeros hombres eran pocos, muchos de ellos hijos de comerciantes, arrieros, artesanos y pequeños burgueses, personas del pueblo que por primera vez se enfrentaban al texto bíblico. Así figuran Juan Díaz, Juan y Alfonso de Valdés, Francisco de San Román, el doctor Egidio, Constantino Ponce de la Fuente, Pedro de Lerma o los hermanos Enzinas. Un puñado de soñadores que creyeron que podrían unir la gloria militar de su patria y la sabiduría evangélica. Fueron leales súbditos de su majestad; pequeñas brasas arrancadas de un vivo fuego. Francisco de Enzinas fue uno de los más brillantes, sin duda. Nació en Burgos, fue hijo de comerciantes de lana, perteneciente a una familia cosmopolita repartida entre varias ciudades de Europa. Estaba destinado a extender los negocios familiares, pero en Lovaina halló una verdad que no andaba buscado. Allí, en la ciudad universitaria por excelencia, entre las paredes de los colegios de estudiantes, frente a la suntuosa catedral o la magnífica fachada del ayuntamiento, Francisco aprendió que la verdadera libertad no la da la posición social, el nivel económico, ni siquiera la sabiduría mundana. Descubrió que el único verdadero hombre libre que había existido en toda la historia de la humanidad había sido asesinado en una cruz, y que antes de Su muerte había prometido que el conocimiento de la verdad lo haría libre.

Francisco de Enzinas fue pionero en muchas cosas, pero tal vez la más importante de todas fue la de convertirse en el primer hombre libre que hablaba el mismo idioma del colosal Cervantes y que soñó con que sus compatriotas leyeran las palabras de su libertador en su propio idioma. Sirva esta novela para darle el sentido homenaje que merece.

Mario Escobar
Madrid, año de Nuestro Señor de 2022

Prólogo

«La filosofía es una meditación
de la muerte».
ERASMO DE ROTTERDAM

Estrasburgo, 12 de febrero del año
de Nuestro Señor de 1553

ANNA ELTER ARRANCÓ LAS TABLAS que bloqueaban la
entrada de la casa de los Enzinas. Se había aventurado a entrar
en la zona maldita, donde la mayoría de los vecinos habían perdido la vida a causa de la peste. Afortunadamente las dos hijas
de su prima estaban bien, pero Marguerite y Francisco habían
fallecido con muy pocas semanas de diferencia. La prudencia la
había hecho esperar unos días, hasta que la pestilencia se hubiera
disipado un poco para presentarse en medio de la noche con una
simple vela y buscar entre los papeles las partidas de nacimiento
de las niñas. Temía, y no le faltaba razón, que sus primas segun-
das, Margarita y Beatriz, fueran llevadas a España a la fuerza, a
casa de su abuela Beatriz de Santa Cruz.

La joven subió por las escaleras hasta la primera planta, se
acercó al escritorio donde Francisco hacía sus traducciones y,
por un segundo, no pudo evitar que la invadiera la nostalgia de
aquellos días felices en Londres y después en aquella ciudad a la
que había aprendido a amar. La casa estaba en silencio, sin los

gritos de las niñas, las canciones alegres de su prima o el sutil
sonido rasgado que hacía la pluma sobre el papel del escritorio.
Entonces se asustó al ver su reflejo sobre el cristal de la ventana;
la vela le daba un aspecto fantasmagórico. Dejó el candelabro
sobre la mesa y comenzó a buscar entre los papeles: había reci-
bos, pagarés, algunos folletos que Francisco siempre llevaba para
hablar a otros de Cristo, hojas repletas de palabras en griego y su
significado, hasta un viejo manuscrito en el que el burgalés solía
poner las tareas diarias, pero ni rastro de las partidas de bautismo.
Al final, en uno de los cajones, halló algo interesante, era un buen
taco de hojas encuadernadas apresuradamente y envueltas en una
piel bien curtida que servía de portada donde se leía: *Historia de
statu Belgico et religione Hispanica.* Lo ojeó brevemente, su tía le
enseñó a leer con su Biblia. Pensó que sería valioso; si lograba ven-
derlo a algún impresor podría reunir el dinero necesario para que
las autoridades de la ciudad le entregaran la custodia de las niñas.
Logró esconderlo bajo su vestido y se encaminó hacia las escaleras. Entonces, oyó a alguien que abría la puerta y sintió un escalofrío que le recorrió toda la espalda. Se quedó paralizada por el
temor, no sabía qué hacer. Miró por la ventana, no había mucha
altura, pero era suficiente para partirse un brazo o una pierna. En
ese momento, recordó la otra escalera, la que comunicaba con la
imprenta. Francisco siempre había deseado ser impresor y estaba
reuniendo fondos para tener sus propias planchas de impresión.
Intentó abrir la estrecha puerta, pero no lo logró hasta que tiró
con todas sus fuerzas y esta cedió por fin. Se apresuraba bajando
las escaleras cuando, a causa de la corriente de aire, la vela se
apagó, y se cayó escaleras abajo. Se puso en pie algo dolorida y
abrió la puerta del local que daba a la calle. Sintió el frescor de la

noche, el suelo estaba helado y escurridizo, pero apretó el paso. Escuchó a su espalda las voces de dos hombres que gritaban en español, pero no les hizo caso. Corrió todo lo que pudo hasta salir a una calle principal y confundirse entre la multitud. Anna sintió que el corpiño le cortaba la respiración, paró unos segundos para recuperar el aliento, palpó el manuscrito oculto en sus ropas y sonrió mientras se incorporaba de nuevo y buscaba la casa de su prometido Guillaume Rabot, para poder recuperar las fuerzas y esconderse.

Guillaume abrió la puerta de inmediato y se extrañó al ver a su amada en el umbral sola a esas horas de la noche. Ella se limitó a pasar, después de mirar hacia atrás para comprobar que nadie la había seguido. Una vez dentro, extrajo el manuscrito de entre sus ropas gélidas y lo dejó sobre las manos de su prometido. Este desató el cordel que lo cerraba, lo abrió y miró el contenido. No era un buen momento para entregar un libro así a un impresor. Los sabuesos de Beatriz de Santa Cruz y sus amigos de la inquisición estaban por todas partes.

1ª PARTE

Lovaina

CAPÍTULO 1

La ciudad del saber

Lovaina, 4 de junio del año de Nuestro Señor de 1539

LOVAINA ERA UNA DE LAS ciudades más hermosas de Europa. Bruselas le había robado hacía años su título capitalino del ducado de Brabante, pero sus hacendosos vecinos habían sustituido el comercio de tejidos, que tanta fama y fortuna les había deparado, por el del comercio de la cerveza, que solía venderse durante las navidades, aunque todos la conocían más por ser la cuna del saber. La Universidad de Lovaina se fundó en 1425 por la solicitud de Juan IV, duque de Brabante, a la Santa Sede. Al poco tiempo la universidad se situó entre las más grandes de su tiempo, codeándose con la de París, Colonia, Viena o Salamanca. Por sus aulas habían pasado eruditos como Adriaan Floriszoon Boeyens, Juan Luis Vives, Andrés Vesalio, Erasmo de Rotterdam o Gerardus Mercator. Aquella cuna del saber, que había sido un foco de conocimiento gracias a Erasmo, se había convertido en la primera institución en condenar las enseñanzas de Martín Lutero y, desde entonces, se había centrado en la lucha contra los luteranos. Allí había llegado el joven Francisco después de pasar unos meses en Amberes ejercitándose en el negocio familiar, para abandonarlo definitivamente, e ingresar en el famoso *Colegium*

3

Trilingue que había fundado Erasmo de Rotterdam unos años antes. Era una época en que el estudio de las lenguas se había vuelto peligroso, porque tentaba a los hombres a indagar en las palabras originales, en griego, hebreo y arameo, que se habían usado para escribir las Sagradas Escrituras. Las traducciones de la Biblia en las lenguas vernáculas comenzaban a circular por Europa. Mucho antes otros hombres habían vertido los sagrados textos al portugués o al catalán, al árabe o al castellano, pero aquellas traducciones habían permanecido encerradas en los monasterios o en las bibliotecas de los príncipes, hasta que la imprenta inundó de ejemplares toda Europa. Ahora Francisco de Enzinas se dirigía a la secretaría de su facultad para matricularse. El único que conocía sus intenciones era su hermano Diego; el resto de la familia lo ignoraba. El joven burgalés había tomado la decisión mucho antes. Sus padres lo habían obligado a regresar a Burgos para ayudar a su tío Pedro de Lerma a recoger algunas pertenencias. El anciano profesor lo había tomado de la mano una tarde, poco antes de partir a París, y lo había llevado al patio de la casa. Lo había mirado con sus ojos medio hundidos por el peso de los años e intentando sonreír le dijo:

—¡Nunca te avergüences de Cristo, él murió por nosotros en la cruz del Calvario! Estos frailes son ignorantes y yerran como lo hicieron sus mayores. Las Sagradas Escrituras contienen toda la revelación, aférrate a ellas y no te alejes jamás de sus preceptos.

El joven Francisco no terminaba de entender a su docto tío. Las únicas nociones de las Sagradas Escrituras que había recibido habían sido justo antes de su catequesis, pero aparte del padrenuestro y el avemaría, apenas conocía los Diez Mandamientos y el Credo.

—Nunca he leído el libro sagrado.

El anciano miró a la puerta que daba al salón y extrajo de debajo de su hábito un librito, después lo dejó en manos de su sobrino y le pidió que lo escondiese.

—¿Qué me dais?

—Es el *Novum Instrumentum omne* de Erasmo, por eso me condena la Inquisición, por propagar sus ideas. Hasta hace poco, el inquisidor general Alonso Manrique y el emperador amaban los escritos del huérfano de Rotterdam, pero hoy no hay lugar para la verdad en el corazón de los hombres. No lo olvides, Francisco, se acercan tiempos oscuros y uno deberá elegir el bando en el que lucha, el de la luz o el de las tinieblas.

El joven miró a su tío con temor. Sabía que la inquisición era capaz de hacer cosas terribles a los herejes, Pedro de Lerma se había salvado por la influencia de su familia en la corte. Se comentaba que el padre de Francisco había tenido que dar una fuerte suma al emperador para que el anciano no terminase en la hoguera.

Francisco dejó Burgos con cierta desazón. Había notado que las cosas habían cambiado mucho en la ciudad y en toda la comarca. La pobreza parecía extenderse por todas partes y el otrora próspero comercio de la lana y la fabricación de tejidos había decaído mucho. Se encaminó hacia Amberes, donde su tío representaba a la familia frente a los comerciantes neerlandeses. Francisco estaba dispuesto a entrar en el negocio familiar. En cuanto llegó a la ciudad se hizo con un diccionario de griego y comenzó a leer con torpeza el Nuevo Testamento de Erasmo. Apenas lograba unir dos palabras con dificultad y se agotaba enseguida, pero poco a poco leyó los cuatro Evangelios y, más tarde, el resto del Nuevo

Testamento. Aquello comenzó a cambiarlo por completo y decidió dejarlo todo en secreto, e ir a Lovaina para aprender griego, hebreo y arameo con el único fin de leer toda la Biblia.

Su hermano Diego lo descubrió una mañana cuando, a la luz de una minúscula vela, se esforzaba por leer el Nuevo Testamento. Desde entonces leía con él cada mañana y cada noche.

Ahora estaba a punto de inscribirse en el colegio y cuando le tocó su turno dio dos pasos y se colocó enfrente de la mesa del secretario.

—Nombre y apellido —dijo el hombre sin siquiera mirarlo a la cara.

Francisco hablaba perfectamente francés y dominaba bastante el neerlandés, pero el secretario le había hablado en latín, el idioma oficial de la universidad. El joven carraspeó y al final dijo con cierta torpeza:

—Francisco de Densines.

El secretario frunció el ceño y miró de arriba abajo al joven. Vestía ropas caras, su piel pálida como la luna delataba su estatus y sus manos parecían suaves como las manos de una niña.

—¿Sois español? —preguntó en la lengua latina con cierta extrañeza.

Francisco afirmó con la cabeza, el secretario terminó de rellenar la solicitud, le entregó una copia al joven y le indicó a un estudiante que lo acompañara a su colegio. Un rubicundo muchacho de ojos azules y pestañas casi blancas le sonrió y lo ayudó a llevar su equipaje.

—Bienvenido al infierno, me llamo Aidan, no se ven por aquí muchos españoles. El viejo profesor Juan Luis Vives está en la ciudad, vino de Brujas a pasar unos días, pero ha caído enfermo.

Francisco había oído hablar de él a su tío Pedro de Lerma. Este le había comentado que junto a Erasmo era uno de los hombres más sabios de la tierra.

—¿Dónde está alojado?

—En el colegio del papa Adriano VI.

—¿En la Escuela de Teología?

El joven burgalés dejó su equipaje al lado del camastro. La habitación era humilde, casi monacal, pero había un escritorio y una ventana que daba al jardín.

—¿Me llevarías hasta él?

El joven neerlandés se rascó el pelo rubio y después extendió la palma de la mano. Francisco le soltó unas monedas y Aidan con una sonrisa le dijo:

—Aquí todo cuesta dinero. Lovaina es la cuna del saber, pero también uno de los lugares más caros para vivir. Los estudiantes malvivimos como podemos, pero algún día regresaré a casa con un título debajo del brazo y todo será diferente. Ahora os dejo descansar, vendré en una hora para acompañaros, aunque no os aseguro que el viejo profesor pueda recibiros.

Francisco asintió con la cabeza y le dio las gracias. En cuanto se hubo marchado el joven estudiante, se sentó en el camastro y sacó su Nuevo Testamento desgastado por el uso. Estaba muy contento porque ya podía leerlo de cabo a rabo, incluso algunas partes las había memorizado, pero le faltaba aún mucho por aprender. Dejó el libro a un lado y se tumbó en la cama. Después, se recostó y se quedó dormido enseguida.

Cuando Francisco se despertó se sentía tan confundido que no recordaba dónde se encontraba. Miró a su alrededor, la luz en esa habitación de paredes desnudas había menguado notablemente y sintió temor. Llevaba tiempo lejos de casa y, aunque siempre estaba dispuesto a conocer gente y culturas, en algunos momentos añoraba su hogar, sobre todo el de los buenos tiempos, antes de que su madre muriera. Siempre había arrastrado aquella desazón, la sensación de orfandad que lo había llevado hasta Amberes, y ahora a Lovaina, lo empujaba a buscarse a sí mismo. En el fondo anhelaba encontrar un sentido a su existencia. Antes de irse de España había pasado una breve temporada en la Universidad de Alcalá. El ambiente estudiantil le había fascinado, pero después de pasar varias noches con sus compañeros en las tabernas de la ciudad, emborrachándose por primera vez, se había dado cuenta de que aquello no lo llenaba realmente, que debía haber algo mucho mejor para llenar ese vacío interior que lo atenazaba.

Escuchó que alguien llamaba a la puerta y abrió. El rostro redondo de Aidan le sonrió de nuevo.

—He hablado con el maestro, a pesar de su estado tiene la mente muy clara. Cuando le he dicho que había un estudiante español no ha dudado en recibiros.

Francisco sintió que le daba un vuelco el corazón, su tío Pedro de Lerma le había hablado mucho de Juan Luis Vives y su gran erudición. El amigo de Erasmo de Rotterdam, el hombre más admirado y odiado de Europa.

Caminaron por la ciudad a media tarde, aún el calor se sentía bajo un sol casi veraniego. Llegaron hasta la Escuela de Teología y pasaron por el inmenso recibidor antes de tomar un pasillo que llevaba a las habitaciones de los profesores. Se pararon delante de una puerta nueva que aún olía a resina y barniz. El estudiante llamó y pasó sin esperar la respuesta.

La sala estaba en penumbra, pero se intuía amplia, con las paredes forradas de libros y los cortinajes echados para que la luz del sol no cegara los ojos casi velados de Juan Luis Vives. El anciano estaba sentado en una butaca de terciopelo verde y un cojín en la espalda lo mantenía erguido, aunque algo inclinado hacia la derecha. Estaba vestido de terciopelo negro, pero se veía que el traje le quedaba holgado, como si el hombre que un día fue se estuviera consumiendo poco a poco hasta desaparecer por completo. Cuando los vio entrar alzó la cabeza. Sus ojos, a pesar de las cataratas, parecían aún vivos, expectantes y curiosos. Juan Luis Vives sonrió y por un instante pareció rejuvenecer, como si, tras la piel arrugada y cetrina, las manchas que cubría sus mejillas y el escaso pelo cano, se escondiera el joven inquieto que un día fue.

—Maestro, os presento a Francisco de Enzinas, estudiante español.

El viejo profesor no se inmutó, al menos al principio, pero después hizo un gesto al estudiante para que los dejara a solas.

—Estos tunantes saben casi todos los idiomas y serían capaces de vender su alma al diablo. Sentaos, don Francisco.

El joven burgalés estaba tan impresionado que no sabía qué decir ni qué hacer, tardó en sentarse y se inclinó hacia delante como si esperase la bendición del maestro.

—Estoy pronto a morir, siempre pensé que cuando llegase mi hora estaría atemorizado, pero en cambio siento cierto alivio. Todo mi mundo ha desaparecido, y lo que aún pervive no tardará demasiado en sucumbir ante lo nuevo. Esa es la gran paradoja de la vida: creemos que estamos construyendo algo único, que perdurará para siempre, pero nada es permanente, ya lo dijo el predicador en el libro de Eclesiastés: «Vanidad de vanidades, todo es vanidad».

—Muchas gracias por recibirme, es para mí un honor.

—Vuestra juventud me devuelve por unos instantes a la vida. Escuchar de nuevo hablar en castellano, ¡qué delicia! Cuánto añoro Valencia, el mar, el sonido de las gaviotas, las olas golpeando los riscos, la brisa que me devuelve a la infancia. Ahora mi Margarita es mi pedazo de patria, lo que aún me une a mi amada tierra. Ella llegó a Brujas cuando era niña, pero todavía conserva en su mirada el azul del mar. Está en casa esperando a que regrese, no quería que viniera a Lovaina, pero necesitaba ver las aulas por última vez.

Francisco intentó retener cada palabra como si fuera el mayor tesoro que le hubiera regalado el destino.

—¿Qué somos? ¿El resultado de nuestra crianza o de nuestros humores? ¿Aprendemos o simplemente repetimos el comportamiento de nuestros padres y mentores? Con vuestra edad odiaba a mi padre, creía que era un traidor por haber renunciado a nuestra fe judía, pero cuando, por causa de los inquisidores, lo quemaron en la hoguera, me di cuenta de que lo había hecho por nuestro bien. No he vuelto a pisar España, mi dulce tierra está contaminada con la sangre de inocentes. Aunque, si no hubiera sido por la persecución que se desató contra mi pueblo, probablemente nunca habría viajado a París ni recibido mi formación, me hubiera convertido en un comerciante como mi padre.

—Dios escribe nuestro destino —se atrevió a decir Francisco.

El maestro ignoró el comentario y cambió ligeramente su posición, apoyando su mentón en la otra mano.

—La primera vez que pisé esta ciudad fue en 1519, si no me falla la memoria. Este edificio aún no había sido construido y la universidad era mucho más pequeña, más provinciana. Aquí conocí a Erasmo, aquel hombre me cambió la vida para siempre. Me puse manos a la obra para reeditar la obra de San Agustín y, por primera vez, entendí el cristianismo. Me sentí muy furioso hacia aquellos que en nombre de Nuestro Salvador mataban a Su pueblo. No he dejado nunca de ser judío, pero ahora tengo lo mejor de los dos pueblos. La vieja rama del olivo que es Israel y la nueva injertada por el mismo Cristo. A Erasmo no le gustó la edición, decía que era demasiado polémica, él que escribió *Elogio de la locura*.

El anciano sonrió y le vino una tos repentina que no cesó hasta que Francisco le alcanzó un vaso de vino.

—Gracias, después escribí mi tratado sobre la educación de las niñas, aunque hoy creo que el mundo no estaba preparado para mis ideas. Muchos ven en las mujeres a seres inferiores, pero Nuestro Señor las incluyó entre Sus seguidoras y las instruyó, mientras que los rabinos de Su tiempo se negaban a tales prácticas. La reina Catalina me llamó a Inglaterra y llevé la cátedra en la Universidad de Oxford, pero el clima inglés es capaz de minar la salud del hombre más fuerte y volví al continente. Me casé con mi amada Margarita, y cuando regresé a Inglaterra el rey se había separado de la reina para casarse con Ana Bolena. Me ofrecieron una cátedra en Alcalá de Henares, pero no me fiaba de la inquisición, ya habían quemado a un Luis Vives hacía años, nos les quería dar el gusto de que quemasen a otro. En Brujas intenté que mis ideas cívicas cambiaran la ciudad, porque el reino de Dios es para «aquí» y para «ahora», pero pronto aprendí con tristeza que los ricos de este mundo y los poderosos no quieren que cambien las cosas.

Francisco miraba al hombre sin parpadear, como si necesitara grabar en su mente cada una de sus palabras.

—¿Por qué habéis venido a Lovaina? No son muchos los españoles que se aventuran fuera de sus lindes; no faltan europeos que piensen que Europa termina en los Pirineos. Al menos eso decía el bueno de Erasmo y aunque me duela, no le faltaba razón, al menos en parte. A los reinos que queman a sus hombres más sabios no se les puede calificar sino de salvajes.

—Bueno, quería aprender griego para entender mejor las Sagradas Escrituras.

Vives miró sorprendido al joven.

—¿Acaso deseáis ser eclesiástico?

—No tengo vocación, maestro. Pero desde que mi tío Pedro de Lerma me regaló el Nuevo Testamento de Erasmo en griego no he podido dejar de leerlo.

—¿Sois sobrino de Pedro de Lerma? Me he enterado de que ha tenido que exiliarse en París. ¿Entendéis lo que os digo? Alejaos de los estudios de las Sagradas Escrituras si apreciáis vuestra vida —el anciano se puso morado de repente, como si le costase respirar—. Os buscaréis la desdicha para vos y para toda vuestra familia. Las autoridades eclesiásticas no os permitirán que descubráis sus secretos y os mandarán a la hoguera.

—Pero, si están engañando al pueblo, alguien tiene que enseñarles la verdad.

El viejo profesor se inclinó hacia delante, como si quisiera contarle un secreto.

—¿Veis este edificio? Hace unos años, cuando todavía vivía Erasmo, se podía hablar de cualquier tema. Nada estaba vedado, pero ahora el emperador y otros monarcas han declarado la guerra a todo aquel que ose interpretar las Sagradas Escrituras por sí mismo. No caigáis en ese error. Os lo aconseja un viejo, pues si he logrado sobrevivir todos estos años ha sido evitando la polémica.

—Como os dijo Erasmo con vuestro primer libro —contestó Francisco.

—Justo de esa manera. La mayoría de los hombres no quieren descubrir la verdad y aquellos que lo desean ya lo harán por sí mismos.

Francisco se quedó profundamente decepcionado.

—Jesús nos envió a predicar el evangelio a toda criatura y a hacer discípulos. No hacerlo es incumplir Su principal mandamiento.

—No, joven, Su principal mandamiento es amar a Dios sobre todas las cosas y al prójimo como a nosotros mismos.

—Pero ¿qué mayor expresión de amor podemos dar a la gente que anunciarles las buenas nuevas de salvación?

Juan Luis Vives parecía contrariado con las palabras de aquel joven. En el fondo se preguntaba si no había sido demasiado cobarde al aceptar la idolatría velada de Roma, al no denunciar las profundas contradicciones morales y doctrinales de la Iglesia. ¿Pero acaso no habrían silenciado su voz como la de tantos?

—Si pensáis que esa es la voluntad de Dios, hacedlo, pero ya sabéis lo que ha sucedido siempre con los profetas de Dios.

Las últimas palabras de Juan Luis Vives siguieron flotando en su mente aun después de abandonar la sala y, más tarde, el edificio. Aidan lo miraba intrigado, no esperaba que el español estuviera tan abatido después de hablar con uno de los profesores más admirados de Lovaina. Lo que no podía comprender era que Francisco acababa de enfrentarse a la misma disyuntiva a la que se habían enfrentado muchos otros antes: ¿debía obedecer a Dios o a los hombres?

CAPÍTULO 2

Una decisión

*«Abominas el nombre del diablo,
y en oyéndole te santiguas,
y eres tú mismo aquel diablo
que aborreces».*
ERASMO DE ROTTERDAM

LA MEMORIA DE LOS JÓVENES es frágil, mucho más que la de los ancianos, ya que estos últimos se esfuerzan en recordar, mientras que los primeros se olvidan de todo sin esfuerzo. Francisco comenzó las clases y disfrutó mucho de los profesores, del ambiente de la universidad, tan distinto al de Alcalá de Henares. Era cierto que muchos estudiantes perdían su tiempo en las tabernas bebiendo cerveza, pero la mayoría prefería reunirse para discutir de gramática, historia, filosofía o literatura. Tras una clase se acercó hasta él un joven llamado Albert Hardenberg. Era algo mayor, pues ya rondaba los treinta años, neerlandés de barba pelirroja e intensos ojos negros. Era monje en la abadía de Aduard y su prior lo había enviado a Lovaina para estudiar Teología. No llevaba hábito y era el primero en entrar en las polémicas sobre temas teológicos.

—Hola español, creo que te llaman Francisco de Densines. Yo soy Albert.

—Encantado, ya te había visto discutir con los profesores.

El hombre comenzó a reírse a carcajadas y Francisco, al principio, se quedó muy serio, pero se dejó llevar por su risa contagiosa.

—¿Habéis comido? Conozco un lugar muy barato donde preparan el mejor estofado de Lovaina.

—Pues me encantaría acompañaros.

Los dos estudiantes se dirigieron a la taberna del Oso Gris y se sentaron en una de las mesas del jardín. Las clases se impartían por la mañana y por la tarde, por eso tenían poco tiempo para almorzar. El calor aún apretaba en la ciudad, pero a la sombra de los árboles al menos corría algo de aire.

—No me vais a creer, pero aquí he encontrado a mi verdadera familia. Mis padres me dejaron en una casa de los Hermanos de la Vida Común cuando tenía siete años. No se los reprocho, éramos muchas bocas en la mesa y creían que, al ser el más espabilado, me haría monje. Los hermanos me trataron bien, su ejemplo me animó a unirme al convento de San Bernardo de Aduard cuando tenía diecisiete años. No tengo nada en contra de los benedictinos, pero su regla me ahogaba, necesitaba experimentar la fe sencilla y ellos lo único que practicaban eran ayunos, letanías y ceremonias solemnes. El abad, como me veía muy interesado en las Sagradas Escrituras, me mandó aquí para que estudiase Teología.

—¿Por qué decís que habéis descubierto aquí a vuestra familia?

—Antes de llegar aquí pasé por Frankfurt para arreglar unos asuntos de mi orden y escuché predicar a Jan Laski. ¿Habéis oído hablar de él?

Francisco negó con la cabeza.

—Jan es polaco, pero habla bien el francés y el neerlandés, además del alemán y el latín. Ha estudiado en Italia y vivió en

Francia. Fue uno de los alumnos favoritos de Erasmo, imaginad su inteligencia. Después de una vida llena de vicisitudes conoció a Philipp Melanchthon en Leipzig. ¿Lo conocéis?

—Nunca había oído hablar de él.

—Es la mano derecha de Martín Lutero.

—¿El hereje? —preguntó Francisco inocentemente. Al menos todo el mundo así lo llamaba en España.

Albert frunció el ceño, pero enseguida volvió a poner su sonrisa.

—Laski me habló de Jesús, pero del que hablan las Sagradas Escrituras, no el de los altares.

Al principio Francisco sintió que un escalofrío le recorría la espalda. En el fondo, sabía que Albert tenía razón, él mismo había descubierto aquellas verdades en la Biblia, pero sabía lo que le sucedía a todos los que se unían a los luteranos. Eran apartados de sus seres queridos, encerrados y, en el peor de los casos, ejecutados.

—Es peligroso relacionarse con los luteranos —dijo al fin, abriendo su corazón.

—Lo es aún más vivir alejado de Dios, os lo garantizo. Llevo más de veintitrés años dentro de la Iglesia y, aunque dentro hay buenos siervos de Dios, algunas de sus prácticas distan mucho de ser cristianas. Ahora nos reunimos todas las noches un grupo de hermanos, cantamos algunos salmos y leemos las Escrituras, después alguno comparte la Palabra de Dios. Algo sencillo, como lo hacían los primeros apóstoles. ¿Queréis venir esta noche?

—No estoy seguro de que sea una buena idea.

—Jesús dijo que Él está a la puerta y llama, cualquiera que oiga Su voz y abra la puerta, Él entrará y cenará con él.

Aquellas palabras le hicieron sentir algo inesperado, su pecho se comprimió y sus ojos se inundaron de lágrimas. Había esperado aquel momento mucho tiempo, aunque ahora que había llegado se sentía aterrorizado.

—Me lo pensaré.

—No reunimos en una sala privada de esta taberna a las ocho.

Francisco se levantó y sintió que su cuerpo se tambaleaba, como si hubiera bebido vino, aunque no había probado una gota. Se marchó a su cuarto, no tuvo ganas aquella tarde de regresar a las clases, se tumbó en el camastro y se quedó profundamente dormido.

El sueño había sido profundo y casi una pesadilla: entraba en un cementerio y veía su propia tumba, y al leer su nombre sobre la lápida intentaba alejarse de allí, pero unas manos salían de la tierra y lo atrapaban. Se despertó sobresaltado. Miró por la ventana, no le apetecía salir del colegio, pero al final se vistió y caminó con paso lento hacia el centro de la ciudad. Sin darse cuenta sus pasos lo habían llevado hasta la taberna. Le preguntó al tabernero por Albert y este le señaló disimuladamente una puerta al fondo del local. Cruzó la sala como un sonámbulo y después entró sin llamar. Apenas una docena de hombres sentados parecían charlar amigablemente, como si fuera una reunión de amigos.

—Os estábamos esperando —dijo Albert mientras se puso en pie y lo abrazó. Nadie lo había vuelto a hacer desde su partida de Burgos. Justo en ese momento comprendió lo solo que se sentía. Todos se acercaron y comenzaron a abrazarlo como si lo conocieran de toda la vida, aunque apenas se habían visto en las clases. Uno a uno, Albert se los fue presentando—. Este es George Cassander al que todos llamamos el pacificador, cree que católicos y reformados podemos convivir en paz; a Jan Laski le llamamos el santo, porque no hay nadie mejor entre nosotros; Paul Roels ama todo lo que escribe Calvino; Laevinus Torrentius, el poeta...

Albert terminó de presentarle a todos los componentes de aquel selecto grupo, sin duda eran los hombres más preparados y respetados de la universidad.

Todos se sentaron y cantaron dos salmos antes de que Albert comenzase a hablar.

—Dios, habiendo hablado en otro tiempo y de diferentes formas, hoy nos ha hablado a través del Hijo. A Él le hizo heredero de todas las cosas y por medio de Él nos ha dado la salvación. No hay otro nombre dado a los hombres en el que podamos ser salvos, no hay intermediarios ni intercesores, ya que Cristo es suficiente. Su muerte en la cruz nos ha librado del pecado y, si nos arrepentimos de nuestras faltas, se convertirá en nuestro abogado defensor. Cristo pagó el precio que nosotros no podíamos pagar para reconciliarnos con Dios. No busca que nos ganemos la salvación, ya que no hay justo, ni aun uno, no hay quien entienda y todos se desviaron. La única forma de presentarnos delante de Él es reconociendo nuestras faltas y entregando nuestra vida, para servirle mientras tengamos aliento. El mundo lo aborreció, no era digno de Él, pero a los que le recibieron les dio la potestad de ser llamados hijos de Dios.

Francisco había reconocido varios versículos en las palabras de Albert, que había predicado en latín. Sintió que el corazón se le encogía, como si por fin lo hubiera comprendido todo. El sacrificio en la cruz, la sangre que limpia de pecado, la culpa, la expiación y la esperanza de la resurrección. Comenzó a llorar con la cabeza inclinada, le daba vergüenza que sus compañeros lo vieran así, pero Jean Crespin puso una mano sobre su espalda y le dijo:

—Dios únicamente quiere una respuesta.

Francisco levantó la vista y entre lágrimas vio una luz que resplandecía sobre Albert. Después, pronunció casi en un susurro:

—Sí, quiero.

CAPÍTULO 3

París

> *«Dios nos dio a entender lo que el apóstol*
> *Santiago nos enseña en una epístola,*
> *que todo hombre sea presto para oír;*
> *y tardío para hablar».*
> Erasmo de Rotterdam

París, año de Nuestro Señor de 1540

FRANCISCO RECIBIÓ UNA CARTA DE su hermano Diego desde París, donde estaba estudiando después de una corta estancia en la Universidad de Lovaina. No tenía noticias de él desde hacía varios meses.

Se subió a su cuarto y tumbado sobre la cama comenzó a leer:

Querido hermano Francisco:

Vienen tiempos recios para la verdad. Dios quería que ambos conociésemos a Nuestro Señor a la vez, tú en Lovaina y yo en París. La Reforma estaba creciendo con tal fuerza dentro de esta ciudad de pecado que el diablo buscó tropiezo para detenerla. Los inquisidores del rey buscan por todas partes a los hermanos para echarlos en la cárcel y perseguirlos. La muerte ronda por doquier. Hace unos días vi uno de los sucesos más tristes que me han tocado vivir en Francia. Un joven orfebre del Faubourg Saint-Marceu llamado Claude Le Peintre fue llevado al cadalso por los enemigos de la fe. Todos vimos cómo el joven cristiano se dirigía a la muerte con la dignidad de un soldado y la devoción de un santo. Le brillaba el rostro como si ya anhelase encontrarse con su Señor. Al pararse frente al verdugo miró a la multitud y gritó: «Señor, perdónalos porque no saben lo que hacen». Seguid a Dios, aceptad a Cristo y no a la falsa religión inventada por los papas. Él os puede redimir, dar la vida eterna y poneros en paz con Dios.

En cuanto terminó estas palabras el verdugo se acercó y lo golpeó en la boca. El joven comenzó a sangrar, pero sin dejar de sonreír, se aproximó hasta donde estaba el hacha, se puso de rodillas y reposó su cabeza. Todos vimos su cara de felicidad y nos dio aliento para seguir predicando el evangelio.

No te canses de hacer el bien, merece la pena predicar a Cristo y dar nuestra vida si es necesario por causa del evangelio. Dios nos manda como ovejas en medio de lobos, pero no tenemos nada que temer. Cada uno de nosotros tiene un día y una hora para marchar a Su presencia. Cuando se pase lista en el cielo, yo podré felizmente responder a mi nombre.

Tu hermano que te quiere.

Diego.

Posdata: Me alegro de que estés traduciendo el libro de Calvino que tanto bien puede hacer a la cristiandad.

CAPÍTULO 4

Confesión

«El varón prudente y bueno todo lo pone en abreviar la plática».
ERASMO DE ROTTERDAM

Lovaina, año de Nuestro Señor de 1540

FRANCISCO SE PASÓ LOS SIGUIENTES meses acudiendo a clase, participando por las tardes en sus reuniones secretas, leyendo todas las obras reformadas que caían en sus manos e intentando convencer a sus padres de que, al igual que Diego, en cuanto terminara su formación regresaría a Amberes para llevar los negocios familiares.

Albert Hardenberg se convirtió en su amigo y mentor. Comían juntos la mayoría de los días, y compartían mesa con otros del grupo al que todo el mundo comenzaba a llamar el de «los santos», ya que se abstenían de acudir a los lupanares que había cerca de la universidad, destinados para profesores y alumnos, y de beber hasta caer inconsciente, en especial durante la noche del sábado.

Francisco y sus amigos seguían asistiendo los domingos a los oficios religiosos de la catedral, aunque no creían en la mayor parte de los ritos que se realizaban allí. Después, si el tiempo lo permitía, en el campo, celebraban ellos la eucaristía de forma sencilla y en las dos especies.

Una tarde de viernes, un compañero español llamado Andrés se unió a ellos en la comida. El burgalés dudaba si compartir con el joven su fe. La mayoría de los nuevos cristianos no se fiaban mucho de los españoles.

—Noto algo diferente en vosotros, es como si no os interesaran las cosas de este mundo. ¿Es porque algunos sois monjes?

Albert miró al joven y después a su amigo, sabía que era mejor responder con evasivas a ese tipo de comentarios.

—Nos regimos por las normas de la universidad e intentamos practicar los preceptos de la Iglesia. ¿Acaso no deberían hacer lo mismo todos los cristianos?

El joven español miró a Francisco antes de responder, como si esperara que este añadiera su opinión al respecto.

—Somos buenos católicos, pero pecadores, para eso está la confesión y la contrición, además de las buenas obras.

Francisco estaba a punto de intervenir cuando Albert se le adelantó.

—Bien decís, pero mejor que pedir perdón es mantenerse santo en este mundo. La abstinencia nos libra de muchos peligros.

—Somos jóvenes, estamos lejos de casa, suficientemente nos contuvieron nuestros padres y educadores. Cuando termine este periodo regresaremos a la cruda realidad de la vida, nos casaremos y formaremos una familia. Ahora es tiempo de estudiar y divertirse.

Francisco echó su cuerpo hacia delante, como si quisiera contar a Andrés un secreto y dijo:

—Cuando estuve en Alcalá de Henares viví como tú, sin que me importasen las consecuencias de mis actos. Creía que todas aquellas experiencias nuevas me ayudarían a ser feliz. Dije a mi cuerpo: «¡Sáciate y deléitate!». Era el alma de todas las fiestas y veía en las doncellas un simple instrumento de mis placeres, pero en el fondo había algo que me decía en mi interior que hay otra forma de vivir la vida.

Andrés se quedó mirándolo fijamente. Admiraba a su compatriota, era el mejor alumno de cuantos había en la universidad, un gran compañero amado por profesores y alumnos. Sin duda un ejemplo a seguir.

—Me gustaría cambiar esas cosas, pero no puedo.

Albert miró al joven y le dijo:

—Nosotros no podemos, pero Dios sí. Ruégale a Él que te ayude.

En ese momento entró a la taberna un ruidoso grupo de estudiantes. Al ver a Andrés con Francisco y Albert lo llamaron a gritos.

—¿Qué haces con esos santurrones? ¡Ven con nosotros que hoy no iremos a clase por la tarde!

El joven español miró a Francisco con algo de tristeza y se marchó detrás de sus amigos.

—Muchos son llamados, pero pocos escogidos —comentó Albert al observar el rostro de Francisco.

—¿Por qué es tan difícil predicar a Cristo?

—El mundo atrae a la gente, es normal; a algunos las bajas pasiones, a otros el poder o el prestigio. Ya sabes la parábola del sembrador, Jesús explicó lo que sucede cuando la semilla no cae en una buena tierra.

Francisco se encogió de hombros y apuró la comida, su amigo cambió de tema para animarlo un poco.

—Entonces, ¿quieres traducir la breve y compendiosa *Institución de la religión cristiana* de Juan Calvino?

Francisco miró a su alrededor antes de contestar. La persecución a los reformados era cada vez más patente en la ciudad.

—Pienso que sería muy necesaria para mis compatriotas. Las obras de Erasmo acercaron a los españoles a Dios, pero esta obra de Calvino los podría acercar a Cristo.

Salieron de la comida y, mientras Albert se dirigía a sus clases, Francisco se fue a su cuarto para continuar con la traducción de su libro. Entendía perfectamente el francés, pero algunos términos se le resistían. La mayor parte de sus amigos en Lovaina eran neerlandeses, había algún alemán y algún polaco, pero apenas había franceses en su círculo más íntimo. Por eso se decidió a escribir a su hermano que continuaba en París.

En cuanto Diego recibió las primeras cuestiones se mostró muy interesado en llevar él mismo el libro a Amberes para su impresión. Algunos amigos cristianos estaban dispuestos a sufragar los gastos.

Estuvieron carteándose durante meses y Francisco aceptó la recomendación de su hermano de que incluyera el texto de Martín Lutero *De libertate christiana: Comentario a los siete salmos penitenciales* y unas páginas finales donde Francisco aconsejaba a los lectores la mejor forma de vivir la vida cristiana cada día.

Durante meses estuvieron comentando los avances de la traducción hasta que el libro estuvo por fin terminado.

Francisco pidió a su hermano que fuera en su lugar a Amberes para que encontrase a un impresor adecuado. Sabía que era una misión peligrosa, por eso le pidió primero que lo visitara en Lovaina para que se llevara el manuscrito en mano.

Unas semanas antes de que declinase el año, Diego se presentó en Lovaina. Llevaban más de dos años sin verse y, en cuanto su querido hermano llamó a la puerta y Francisco le abrió, se fundieron en un abrazo.

—¡Dios mío, qué bien te veo! —comentó Diego, que, a pesar de ser el hermano menor, era algo más alto, de facciones más delicadas y una presteza natural.

—Me alegro de que hayas llegado bien, los caminos en invierno son solitarios, anochece pronto y la nieve es peligrosa.

—No ha sido un viaje confortable, pero tenía ganas de salir de París, los inviernos allí son terribles. Echaba de menos el mar y a la gente de Flandes. No te negaré que me siento cada vez más flamenco y menos francés.

Los dos se rieron y salieron para dirigirse a una taberna cercana. Diego estaba famélico, las posadas del camino no eran muy limpias y su comida dejaba mucho que desear. Francisco lo llevó a un lugar donde preparaban una deliciosa sopa de verduras y carne asada.

Diego devoró la comida en unos pocos minutos mientras su hermano mayor lo observaba, aún no se creía que estuvieran juntos de nuevo.

—¿Qué nuevas traes de París?

—Las cosas se están poniendo feas, aunque cada vez hay más cristianos en la ciudad.

—Cuando sobreabundó el pecado sobreabundó la gracia.

—Es cierto, pero muchos jóvenes tienen que sufrir el martirio por su fe. No deja de ser paradójico que se premie al que vive perdidamente y se persiga a los ciudadanos píos que lo único que buscan es el bien de la república.

—El mundo premia a los suyos.

—Hablemos de cosas más alegres, Francisco. ¿Has terminado ya la traducción?

—Sí, creo que ha quedado al menos legible —dijo encogiéndose de hombros.

—No seas modesto, seguro que es una traducción perfecta, de esas que mejoran el texto original.

Los dos hermanos se abrazaron y salieron a las gélidas calles de Lovaina.

—¿A qué impresor vas a presentar el libro?

—Bueno, ya sabes que las cosas andan mal en todos los lados. Antes no se ponían impedimentos en ninguna parte y la censura era inexistente, pero ahora se controla cada libro —dijo Diego—, pero he logrado que un impresor llamado Mathias Crom imprima el texto.

—No lo conozco, pero confío en tu buen criterio. ¿Te quedarás unos días conmigo?

—Partiré mañana mismo. Es mejor que aproveche estos días soleados, si vuelve a nevar a lo mejor no podré salir de aquí hasta que pase el invierno.

—Lo entiendo.

Era cierto que comprendía los peligros que deparaba aquel viaje, pero echaba mucho de menos a su familia. Su padre no dejaba de importunarlo para que regresase a Amberes y dejara los estudios; su tío también lo apremiaba, porque ellos siempre habían sido una familia muy unida.

Pasaron el resto del día charlando, Diego le contaba anécdotas de su vida en París, una ciudad llena de peligros, pero muy cosmopolita. Por su parte, Francisco le explicaba lo que había aprendido en sus clases de griego, hebreo y arameo; también le comentaba cosas sobre sus nuevos amigos y la esperanza que tenía en que la Palabra de Dios llegase algún día a España.

—Tal vez deberías intentar traducir el Nuevo Testamento al español, seguro que lograríamos hacer llegar algunos ejemplares a Burgos.

—No soy digno de traducir las Sagradas Escrituras —contestó Francisco.

—¿Y quién lo es? Lo importante es que la gente pueda leer la Biblia en su idioma.

Francisco se quedó pensativo, aquella idea le había rondado por la cabeza, pero en el fondo no se veía capacitado. No obstante, cuando un pensamiento logra atravesar el corazón ya no se puede volver a apartarlo de la mente.

CAPÍTULO 5

El impresor

«La mente humana está formada de tal
manera que es mucho más susceptible
a la falsedad que a la verdad».
ERASMO DE ROTTERDAM

Amberes, enero del año de Nuestro Señor de 1540

DIEGO NUNCA PENSÓ QUE TRANSPORTAR un libro
fuera tan peligroso. Su hermano le había aconsejado que fuera
directo a Amberes, que no se entretuviera visitando amigos en el
camino. Aquel era el único manuscrito que tenían, si Diego lo per-
día, Francisco debería empezar de nuevo, pero eso no era lo peor.
Si caía en malas manos podría terminar en prisión o deportado a
España para ser juzgado por la inquisición. Sabía que su familia
era poderosa, pero eso había sido insuficiente para salvar a su
tío, que no había tenido más remedio que exiliarse en París tras
arrepentirse de todos sus escritos.

Diego llegó a Amberes a primera hora de la mañana. La niebla
aún se extendía por las estrechas calles de la ciudad que llevaban
al puerto. Se encaminó hacia la calle de los impresores. A pesar de
que el oficio aún no tenía ni cien años de historia, los impresores
eran una verdadera institución. Se detuvo enfrente de un edificio

de dos plantas, parecía una vieja lechería reconvertida en imprenta. Sabía que los holandeses no eran muy amigos de la ostentación, preferían pasar desapercibidos. Llamó a la puerta y esperó un instante. Como tardaban en abrir pensó si era demasiado pronto. Al final abrió la puerta un chico joven de pelo rubio, no debía tener más de trece años, delgado y con hombros aún estrechos. Lo miró con sus grandes ojos verdes llenos de legañas e hinchados por el sueño.

—¿Qué se os ofrece?

—¿Es la casa del impresor Mathias Crom?

El muchacho frunció el ceño con desconfianza. A pesar de que Amberes era una ciudad cosmopolita, a la que llegaban forasteros constantemente, los extraños siempre eran mirados con reservas.

—Diego de Enzinas le quería encargar un trabajo.

Justo en aquel momento asomó una cabeza por encima del muchacho.

—Berg, deja pasar al forastero.

El muchacho abrió la puerta lo suficiente para que pasara el español y después la cerró bruscamente. Enseguida un fuerte olor a tinta y papel le inundó las fosas nasales. Era un aroma agradable, a Diego siempre le había gustado estar rodeado de libros.

El impresor encendió tres velas y la sala se iluminó un poco, Diego observó las planchas, las letras en las cajas de madera y algunas hojas impresas secándose a un lado. Se acercaron hasta una mesa alta y Mathias se sentó en una banqueta y le ofreció asiento a Diego.

—Muchas gracias por recibirme a estas horas.

—Estaba preparando las cosas para empezar, aunque antes suelo tomarme un tazón con gachas, es necesario empezar el día con energía.

El muchacho se acercó y le ofreció un cuenco, después le dio otro al impresor.

—Muchas gracias —dijo Diego tomando la cuchara y comiendo un poco. Necesitaba tomar algo, ya que, como tenía por costumbre, jamás comía en las posadas de los caminos.

—Vos diréis —le apremió el impresor.

—Traía un manuscrito con la intención de que lo pudierais imprimir en vuestro taller. Es un escrito no muy extenso y nos gustaría tenerlo cuanto antes.

—Todo el mundo quiere que le dé su libro cuanto antes, la gente de este siglo se ha vuelto loca. La impresión es un arte y, como tal, hay que hacerlo con cuidado, cariño y minuciosidad. Un libro mal encuadernado o impreso da mala imagen a la casa que lo ha fabricado y al escritor.

—Es cierto, me refería a que nos gustaría tenerlo lo antes posible.

—Mirad a vuestro alrededor, lo que aquí veis es magia pura y, en contra de lo que muchos piensan, cada elemento es importante, como la calidad del papel. Este viene del sur de Italia —dijo mientras le enseñaba una muestra.

—Es suave como la seda.

—Este otro es de España y este, árabe. Fueron los musulmanes los que introdujeron el papel en Europa, al parecer lo copiaron de los chinos. Al igual que la imprenta, que no es un invento de Gutenberg, como muchos dicen. En Europa trabajaban varios artesanos, como Jóhan Fust o Peter Schöffer, intentando imprimir con tipos móviles casi al mismo tiempo que Gutenberg.

—No lo sabía.

—Querido forastero, cada paso en este oficio muestra la sabiduría acumulada durante siglos. Nosotros los europeos apenas estamos empezando, pero algún día habrá libros en cada casa, en cada rincón de Europa se podrá leer. Los libros nos liberan, por eso ahora tienen tantos enemigos. Algunos de mis colegas no aceptan ciertos tipos de libros por temor; otros por principios religiosos o morales; yo creo que la gente debe ser libre para leer lo que le plazca.

Diego asintió con la cabeza y el impresor se acercó hasta unos papeles y los puso sobre la mesa.

—Unas páginas son de un libro de oración; estas otras de un tratado de medicina y estas últimas de un libro exotérico. En el fondo es lo mismo, papel y tinta, pero cuando comenzamos a descifrar el código, que son las letras y los signos de puntuación, se ilumina nuestro mundo y se abre nuestro conocimiento.

—Entonces he venido al sitio adecuado —dijo Diego sacando de una alforja el manuscrito y dejándolo sobre la mesa. Después le quitó una funda de piel y se lo entregó al hombre.

Mathias tomó unas lentes y comenzó a leer.

—Esto es castellano, lo entiendo un poco, he hecho algunos trabajos para monasterios de España y también para la chancillería.

En cuanto llegó a la parte en la que hablaba de la institución cristiana de Calvino se detuvo.

—¿Es un libro de Calvino?

—No exactamente, es el compendio de varios libros en los que se explica la fe cristiana.

El hombre lo apartó con la mano. Diego lo observó con extrañeza.

—¿Qué sucede?

—Los funcionarios del rey y las autoridades de la ciudad han prohibido la impresión de este tipo de libros.

—Hace un momento...

—Os he dicho que se puede publicar todo tipo de libros, menos estos. No quiero que me cierren la imprenta y dar con mis huesos en la cárcel.

Diego no salía de su asombro. Según le decía aquel hombre, las autoridades harían la vista gorda ante la publicación de un libro de magia o de demonología, pero jamás aceptarían uno que hablase sobre la fe si no era aprobado por la iglesia de Roma.

—El libro será un bien para mi pueblo.

—Esto es un negocio —contestó de forma rotunda el impresor— y no puedo arriesgarme a que lo cierre el ayuntamiento o la Iglesia.

Diego sacó una bolsa llena de monedas de oro y la puso sobre la mesa. El impresor la abrió, mordió dos o tres y después miró de nuevo al español.

—Sí hay una solución, no me gusta, pero no es la primera vez que la empleo. Tendremos que sacar la impresión con un nombre falso. El que suelo utilizar en estos casos es el de Corvo, así nadie podrá acusarme de apoyar la herejía.

Diego lo miró con desconfianza.

—Entendedme bien, yo respeto todas las ideas, pero no puedo inclinarme hacia ninguna. He leído casi todas las obras de Lutero, Calvino y otros reformadores. Sus palabras suenan hermosas, pero no creo que la gente tenga que leer la Biblia en su idioma.

Diego hizo un gesto de sorpresa y le lanzó una mirada de reproche que obligó al impresor a justificarse.

—No me miréis así. Las Sagradas Escrituras son un galimatías que únicamente los muy doctos deben interpretar si no queremos llevar a este mundo hacia el caos. ¿No sabéis lo que pasó con los anabaptistas en Alemania? Los hombres no están preparados para conocer las verdades eternas.

CAPÍTULO 6

Cerco

*«Dios nos dio a entender lo que el apóstol
Santiago nos enseña en una epístola, que todo
hombre sea presto para oír; y tardío para hablar».*
ERASMO DE ROTTERDAM

Lovaina, marzo del año de Nuestro Señor de 1540

APENAS HABÍA PARTIDO SU HERMANO hacia Amberes y Francisco ya se había arrepentido de enviarlo a imprimir su libro. Sabía que con su publicación estaba firmando una declaración de guerra contra todo lo que había amado y apreciado hasta aquel instante. En cuanto su libro cayera en manos de los inquisidores jamás podría regresar a España, por no hablar del peligro que un volumen como aquel podría causarles a sus familiares. Su padre y su tío eran prestamistas del mismo emperador y estaban muy involucrados con la corte, aunque para los altos funcionarios y los nobles los Enzinas no dejaban de pertenecer a los judeoconversos, a marranos renegados en los que no se podía confiar plenamente.

Francisco asistió a todas las clases hasta el final del curso mientras el ambiente se iba enrareciendo en la ciudad. Muchos hermanos habían sido detenidos y encarcelados. Los profesores debían advertir a las autoridades de la ciudad de cualquier comportamiento sospechoso y ya nadie se fiaba de nadie.

Francisco sabía que su grupo de amigos era totalmente fiable, pero el resto de los estudiantes los miraba con cierto recelo y se murmuraba que se reunían en secreto en alguna parte. Por eso, cuando llegó la carta de su hermano desde Amberes explicándole que todo iba bien con la impresión y que esperaba que en unos pocos meses estarían los primeros ejemplares, más que animarlo, aquellas palabras le estremecieron. Diego le recomendó además que dejara la ciudad. El libro lo pondría en peligro en cuanto llegara a las librerías y Lovaina ya no sería una ciudad segura. El joven burgalés había llegado a amar aquella ciudad tranquila, hermosa y en la que había encajado a la perfección.

Albert se acercó hasta la escuela para invitarlo a dar un paseo ahora que la primavera se había hecho dueña de las calles y el clima templado había sustituido al frío del invierno.

—Te veo con aspecto sombrío. ¿Qué te sucede?

—No lo sé, pero creo que no es buena idea que permanezca mucho más tiempo en la ciudad. Tus hábitos te protegen, pero para todos yo soy un español que hace demasiadas preguntas y que está obsesionado con los textos griegos del Nuevo Testamento.

—Hace varios años que no uso hábito.

—Ya me entendéis.

Albert sonrió y su cara redonda se expandió dándole aquel aspecto bonachón.

—Muchos profesores en secreto creen en nuestra causa y el número de estudiantes afines crece de día en día.

Francisco se encogió de hombros.

—Lo entiendo, pero el emperador ha dado orden de que se sea implacable con los luteranos y sus agentes se mueven por todas partes. También la Iglesia católica está presionando para que se presenten denuncias por delación ante los tribunales eclesiásticos, y hasta se rumorea que en breve tendremos aquí esa lacra de la inquisición.

—Creo que exageráis, los neerlandeses no son como los españoles.

El joven español meneó la cabeza.

—Los hombres somos iguales en todos los lados.

—En eso no podemos estar más en desacuerdo. Mi pueblo siempre ha sido libre, a pesar de pertenecer al imperio, pero los castellanos...

—Los castellanos teníamos nuestras cortes y órganos de gobierno hasta que llegó el emperador y nos quitó nuestras instituciones para aprovecharse de nuestras rentas, de nuestros hijos y de nuestra riqueza.

Albert hizo un gesto a su amigo para que bajase la voz, algunos viandantes comenzaba a mirarlos.

—Lo siento, ya te he dicho que estoy un poco nervioso.

—Es por el libro, ¿verdad? Si crees que Dios fue el que te animó a escribirlo, ¿por qué tienes ahora temor? Estamos en sus manos, el hombre no puede hacernos nada que él no permita. ¡Maldito el hombre que confía en el hombre!

Albert tenía razón, debía sosegar su espíritu y confiar en la providencia divina. Si Dios quería que se fuera de Lovaina se lo mostraría y entonces aquella sería la mejor de las decisiones.

Se dirigieron de nuevo a la escuela. A una prudente distancia, Andrés los observaba. No había olvidado su conversación con el burgalés. Casi le había convencido con sus persuasivas palabras, pero él estaba en Lovaina para desenmascarar a esos lobos vestidos de corderos.

CAPÍTULO 7

Problemas

*«Hay menos mal en un turco o judío sincero
que en un cristiano hipócrita».*
Erasmo de Rotterdam

Lovaina, año de Nuestro Señor de 1541

FRANCISCO LOGRÓ TERMINAR SUS ESTUDIOS y nadie lo molestó con ningún asunto. Comenzó a tomar notas para una futura traducción del Nuevo Testamento al castellano y pasaba las cortas tardes del invierno repasando sus apuntes. Todo transcurría de forma placentera hasta que llegaron los primeros ejemplares de su libro y de nuevo comenzaron sus temores. Sabía que si algún profesor o alumno lo leía, la guardia del emperador o del ayuntamiento iría a buscarlo.

Diego le había vuelto a escribir recomendándole que fuera a Alemania, que allí estaría mucho más seguro, pero si se dirigía a la tierra de Lutero, ya no habría vuelta a atrás y se preguntaba si estaba dispuesto a dar aquel paso.

Su hermano había escrito a su amigo George Cassander para que lo recomendara en Wittenberg y le abriera las puertas de la universidad luterana.

Jan Laski, que había dejado la ciudad hacía unos meses para dirigirse a Frisia Oriental y ahora era superintendente general en la iglesia de Emden, lo apremiaba a que se marchase cuanto antes. Pero Francisco todavía tenía que resolver algunos asuntos.

Francisco salió de su habitación, que en muchos sentidos se había convertido en su hogar. Tenía que reunirse con sus amigos en una casa del barrio judío, ya no se fiaban de su escondite en la parte de atrás de la taberna. Quería animar a todos a que dejaran la ciudad. En las últimas semanas varias personas habían sido apresadas por su fe y era cuestión de tiempo que dieran con su pequeño grupo.

Francisco hizo la señal convenida para que le abriesen la puerta, después de comprobar que nadie lo había seguido. En cuanto atravesó el umbral y se cerró la puerta, Andrés cruzó la calle y pegó la oreja a la puerta.

—Querido Francisco, pensé que no vendrías —dijo Albert.

—Deberíamos suspender estas reuniones por el momento, no es prudente tal y como están las cosas.

—Hace un año me decías lo mismo y aquí estamos —contestó su amigo.

—Las cosas han empeorado —apuntó el burgalés.

—Y tu libro ha salido, pero no han puesto tu nombre, puedes estar tranquilo.

—El seudónimo es muy sencillo de descubrir: es mi nombre en latín.

Los dos amigos se reunieron con el resto del grupo, que se había reducido un poco, ya que algunos hermanos habían regresado a sus países y otros se habían escondido en Alemania, que era un lugar seguro, al menos en los estados donde se practicaba el luteranismo.

—Vienen tiempos difíciles, pero eso no debe amedrentarnos. Todos sabemos las persecuciones que sufrieron los primeros cristianos. El libro de los Hechos nos narra cómo se atemorizó a los apóstoles para que no predicasen a Cristo. ¿No es acaso esto una nueva prueba? ¿Qué contestaron los apóstoles después de ser azotados? Les dijeron: ¿Obedeceremos antes a los hombres que a Dios? De ninguna manera, nosotros tampoco lo haremos.

Las palabras de Albert siempre tenían la capacidad de infundir aliento, pero Francisco sabía que de nada servirían ante los ataques de los soldados del emperador.

—Debemos ser astutos como zorros pero mansos como palomas. No hagamos locuras, pero no dejemos de reunirnos.

Francisco, al que todo el grupo respetaba por su sabiduría y conocimiento a pesar de su juventud, dijo:

—No es prudente reunirse, os insto a que dejéis la ciudad, yo me marcharé en breve a Wittenberg, aunque antes tengo que atender unos asuntos en París con mi tío, que se encuentra mal de salud.

—No dejaremos la ciudad, Dios tiene mucho pueblo aquí.

Apenas Albert había pronunciado estas palabras cuando escucharon unas manos golpeando con fuerza sobre la hoja de madera.

—¿Esperamos a alguien más? —preguntó Francisco.

Todos negaron con la cabeza, se encontraban paralizados por el temor.

—Será mejor que salgamos por detrás —dijo Albert. Habían alquilado aquella casa porque se encontraba en el barrio judío y muchas viviendas tenían salidas secretas o escondites, para escapar de las persecuciones periódicas de los cristianos.

Albert abrió una trampilla en el suelo y los hermanos se metieron en el túnel justo a tiempo. El primero llevaba una vela encendida para dirigir a los demás. Salieron por la calle trasera y se separaron enseguida, y cada uno fue para su casa, con el corazón en la garganta y la promesa de que no dejarían de practicar su fe, aunque aquello les costase la vida.

CAPÍTULO 8

La Sorbona

*«Todos desprecian al prodigioso, detestan una
cabeza anciana sobre unos hombros jóvenes».*
ERASMO DE ROTTERDAM

París, 9 de agosto del año de Nuestro Señor de 1541

AQUELLA NOCHE FRANCISCO REGRESÓ A su habita-
ción para recoger sus libros y manuscritos y escapó de Lovaina. La
mayor parte de sus amigos lo imitaron, la ciudad ya no era segura
para los reformados, pero tampoco para cualquiera que quisiera
cuestionar la autoridad de la Iglesia o apelar a su conciencia para
vivir su fe. La premura de su viaje le impidió avisar a su hermano,
que continuaba en Amberes. Al principio pensó en cruzar la fron-
tera y dirigirse a Alemania, el destino más seguro, pero su tío le
había escrito unos días antes porque su estado de salud era muy
precario y por eso decidió ir a visitarlo.

El viaje a París en verano era mucho más cómodo que en otras
épocas del año, pero no estaba exento de riesgos. Debía atravesar
montañas y peligrosos bosques antes de llegar a una ciudad que
desconocía casi por completo. Su tío estaba hospedado en el Colegio Navarro de París, fundado en 1305 por Juana I de Navarra y
que acogía a estudiantes de Teología, Filosofía y Artes.

El calor a su llegada a la ciudad era insoportable, estaba agotado, el carruaje que lo transportaba había tenido que cambiar varias veces de caballos para poder llegar. Tuvo que preguntar muchas veces para que le informaran que el colegio se encontraba fuera de París, a varias leguas, en un pequeño pueblo llamado Évreux. Para llegar allí alquiló un coche.

El edificio era un viejo castillo a las afueras del pueblo, aunque tenía unos hermosos jardines que lo rodeaban, parecía más una fortaleza que un colegio universitario.

En cuanto entró por la verja un par de mozos lo ayudaron con su equipaje. Un conserje lo llevó hasta una habitación en la planta baja en la que se alojaba su tío. Entró en la sala, que era muy luminosa, y vio a Pedro de Lerma sentado en una silla mirando el jardín. En cuanto el conserje lo anunció, trató de levantarse para abrazar a su sobrino, pero sus piernas no le respondían.

—No os levantéis, he venido aquí para cuidaros.

—Sois muy gentil sobrino, pero ya no hay mucho que cuidar, estoy en la antesala de la muerte y os aseguro que me place. Creo que he tenido una vida plena y feliz, a pesar de estos últimos años de persecución.

Francisco acercó una silla a la de su tío. La habitación olía a flores y a libros, una extraña combinación. Su tío siempre había sido un amante de la botánica.

—¿Cómo os encontráis?

—En paz, que ya es mucho decir para un teólogo. Damos demasiadas vueltas a las cosas, ¿no creéis?

—Uno es hijo de su tiempo, vos habéis contribuido a alumbrar a la cristiandad, primero desde la Sorbona, después desde

Alcalá de Henares y por último desde vuestra canonjía en Burgos.

El rostro de Pedro de Lerma, sin apenas arrugas, tenía un aire juvenil a pesar de sus ochenta años.

—Añoro España, cada día que me fijo en esos jardines pienso en mi huerto de Burgos, el frío en esa ciudad es endiablado, pero qué tierra tan fértil y generosa.

—Algún día lo volveréis a vivir —comentó algo apenado Francisco, que entendía a su tío, porque él también echaba de menos su patria.

—Por lo que me ha contado tu hermano Diego, hace tiempo que deseabais estudiar en Alemania.

—Esa es mi intención.

—Tened cuidado sobrino, vivimos tiempos de intolerancia, la gente es asesinada por sus creencias y ya no se permite que los espíritus libres guíen a los hombres.

—Fuisteis vos el que me aconsejó hace unos años que leyera la Biblia.

El anciano sonrió y le puso su mano fría y arrugada sobre el hombro.

—En la Palabra de Dios recibimos consuelo, pero si intentamos llevarla al pueblo, los poderosos no os lo perdonarán. Las palabras de Jesús ponen en evidencia la satánica función del poder humano. No importa que hablemos de reyes o emperadores, papas o cardenales, todos los poderes de este mundo son controlados por el Maligno.

—Pablo, en cambio, dice que toda autoridad ha sido puesta por Dios.

—Veo que no habéis perdido el tiempo todos estos años. Dios pone y quita reyes, sin duda, pero, hasta que regrese Cristo, el gobierno de este mundo lo tiene el diablo, por eso se lo ofreció a Jesús en las tentaciones del desierto.

Francisco notaba que, aunque la mente de su tío parecía más lúcida, se fatigaba mucho al hablar.

—Tendré cuidado en Wittenberg. No os preocupéis.

—Acercaos a Philipp Melanchthon, además de ser un gran especialista en griego, es mucho más abierto de mente que Lutero.

—Los genios siempre son radicales —contestó el sobrino.

—Eso es cierto, jamás se puede hacer una revolución si no quieres llegar hasta las últimas consecuencias, pero yo no soy amante de revoluciones. Aquí estuvo estudiando un navarro que ahora lidera a los jesuitas, Ignacio de Loyola. Es tan radical como Lutero, creo que es la horma de su zapato. Tuve varias conversaciones con él, quería evangelizar Tierra Santa y Asia, pero el papa lo convenció para que intentara ser el azote de los reformados. En lugar de estar unidos, los cristianos cada vez estamos más divididos. Todos odiaban a Erasmo, porque fue el único que quiso poner algo de cordura en este mundo de locos.

—Por eso escribió *Elogio de la locura*.

Pedro de Lerma sonrió de nuevo, pero sintió un dolor tan fuerte en el pecho que le hizo perder el aliento durante unos instantes.

—¿Estáis bien? ¿Queréis que os lleve a la cama?

—No, prefiero morir aquí, contemplando las flores.

El resto del día lo pasaron conversando. Su tío le fue narrando toda su vida desde la juventud hasta su vida actual, como si se preparara para dejar este mundo. Cuando el largo día comenzó a declinar accedió a ir a la cama.

—¿No cenáis nada?

—No me sería de provecho, en unas horas estaré con mi creador. ¿Te imaginas cómo será aquello? Podré conversar con Sócrates, Platón, Aristóteles, San Agustín y Santo Tomás, volver a ver a mis padres, contemplar mil puestas de sol desde el cielo. Me espera otra vida más emocionante que esta.

Francisco frunció el ceño.

—¿Pensáis que esos paganos estarán ante la presencia de Jesús?

—«Porque los gentiles que no tienen ley, naturalmente haciendo lo que es de ley, los tales, aunque no tengan ley, ellos son ley a sí mismos».[1]

—¿Ese es el texto de Romanos?

—Sí, Dios es justo, Francisco. No todo el que llama a Jesús «señor, señor» entrará en el reino de los cielos, sino el que hace la voluntad de Su Padre.

Las sombras se apoderaron del cuarto, pero su tío no quiso que encendieran ninguna vela, alargó su mano fuera de las sábanas y tuvo apretada la de su sobrino. Tras varias horas, Francisco se quedó dormido. Se despertó sobresaltado cuando notó que le apretaba la mano y vio medio incorporado a su tío.

—¿No los ves, Francisco?

El joven únicamente contemplaba la oscuridad.

—¡Qué hermoso es todo! Mucho mejor que lo que mi imaginación había creado. Allí está mi maestro, que resplandece y brilla; Sus manos son como de fuego y Su sonrisa ilumina el mundo.

---

1 Romanos 2:14.

El cuerpo de Pedro de Lerma se desplomó sobre la cama, respiró profundamente, como si quisiera guardar todo el aire del mundo en sus pulmones, y después expiró.

Francisco se puso en pie y le cerró los ojos. Después apoyó su cabeza sobre el pecho de su tío y comenzó a llorar. Él también añoraba aquella patria celestial, aunque sabía que todavía no había llegado su momento.

CAPÍTULO 9

Inglaterra

ERASMO DE ROTTERDAM

Londres, año de Nuestro Señor de 1541

LA MUERTE DE SU TÍO lo dejó desolado. Su hermano llegó a París de madrugada desde Amberes, justo unas horas antes del sepelio. Los dos hermanos se fundieron en un abrazo en la sala en la que descansaba el cuerpo de su tío antes de que lo llevasen al cementerio. Habían logrado que lo enterrasen en camposanto y que un sacerdote dirigiera el sepelio.

La ceremonia fue modesta, apenas media docena de alumnos y tres profesores acudieron. Nadie quería ponerse en evidencia asistiendo al entierro de un hereje. Hasta en la muerte los inquisidores lograban arrebatar a sus víctimas la dignidad que tenían por el simple hecho de ser humanos.

Diego y Francisco llevaron con dos alumnos el féretro desde el carro fúnebre hasta las dos borriquetas que habían puesto al lado de la tumba abierta. Colocaron el ataúd y se quedaron a un lado, junto a la pequeña comitiva.

—Nuestro hermano Pedro de Lerma ahora descansa en paz junto a su creador. Fue un buen cristiano y servidor de Nuestro

Señor, vivió y murió proclamando el evangelio y por eso rogamos a Dios, a Sus santos y a nuestra madre, la virgen María, que lo acojan en su seno. Nuestro hermano Pedro fue un hombre sabio, un estudioso de las Sagradas Escrituras y un buscador de la verdad. Ahora se ha encontrado con ella cara a cara. Como Jesucristo prometió al ladrón clavado junto a Él en la cruz, que estaría con Él en el paraíso ese mismo día. Todos tenemos nuestro día y nuestra hora. Mientras estemos entre los vivos démonos en servicio y sacrificio a Dios, para que cuando comparezcamos ante el tribunal de Cristo nos ponga a Su derecha y diga: «Buen siervo y fiel, ven al reposo de tu Señor».

Francisco primero, y su hermano después, tomaron un puñado de tierra seca y la arrojaron sobre el ataúd que ya estaba en la fosa. Los terrones cayeron sonoramente sobre la madera artesonada, después rezaron un padrenuestro mientras las paletadas de los enterradores tapaban poco a poco el cuerpo sin vida de Pedro de Lerma.

Tras el entierro todos comieron en una taberna y brindaron a la salud de Pedro de Lerma. Cuando acabaron, los dos hermanos se fueron a la habitación de su tío para ver qué hacían con sus pertenencias personales.

—Apenas fue ayer cuando estaba hablando con él. Lo vi muy débil, pero su mente seguía tan lúcida como siempre.

—¿Partió en paz? —le preguntó Diego.

—Su rostro así lo reflejaba.

—Me alegra haber llegado para el entierro, quería verte antes de partir a Roma.

Francisco miró sorprendido a su hermano. No entendía la razón por la que quería viajar a Roma, justo al epicentro de la Iglesia que los perseguía.

Los dos hermanos se alejaron del resto del grupo y se sentaron en una mesa que había fuera de la taberna. Diego miró a su alrededor y le dijo en voz baja:

—Nuestros padres me han aconsejado que deje los Países Bajos, al parecer las autoridades imperiales y la inquisición han mandado órdenes para que sea detenido y enviado a España.

—Todo por el libro —soltó Francisco mientras ponía un gesto de desaprobación que no le pasó desapercibido a su hermano.

—Sé que, al final, hubieras preferido que no se hubiese publicado, pero nuestros amados compatriotas necesitan leer esas verdades eternas en su idioma.

—Lo que necesitan es leer la Palabra de Dios en castellano y después ya sacarán sus propias conclusiones.

Diego afirmó con la cabeza.

—Es cierto, pero no lo es menos que Martín Lutero y Juan Calvino son dos adalides de la Reforma y que sus escritos han abierto los ojos de muchos incrédulos y contrarios a la fe.

Francisco apuró la copa y se secó los labios con el envés de la mano.

—Muchos españoles no leerán un libro escrito por Lutero o Calvino, nuestra nación está repleta de prejuicios, ve a estos hombres de Dios como peligrosos heresiarcas. Solo la Biblia logrará convertir a los españoles.

Los dos hermanos dejaron la taberna y caminaron hacia el colegio, entraron en la habitación y comenzaron a rebuscar entre las pertenencias de su tío todo lo que fuera de valor o comprometiera su reputación. No querían que los inquisidores terminaran desenterrando y quemando sus restos como ya habían hecho con otros.

—¿Pero por qué tienes que ir a Roma? —le insistió su hermano.

—Ya te he comentado que nuestros padres me lo han pedido, de hecho, quieren que vengas conmigo.

—¡Ni hablar! He pedido cartas de recomendación para Wittenberg. Es una locura que te dirijas a Roma. Acompáñame a Alemania, aunque antes tengo que pasar por Londres e ir a Oxford.

Diego dejó los papeles que estaba revisando y se quedó mirando a su hermano mayor.

—Me temo que nuestros caminos se separan de nuevo. Creo que Dios tiene mucho pueblo suyo en Roma; es mejor atacar al corazón de la serpiente que conformarse con darle pequeñas dentelladas.

Francisco se quedó muy sorprendido, la fe de su hermano parecía mucho más determinada que la suya.

Al día siguiente cada uno tomó su camino. Diego viajó por Francia y se dirigió a Génova, mientras Francisco puso rumbo a Calais. Desde allí tomaría un barco hasta Londres. Quería estar de vuelta en el continente en septiembre, para comenzar sus clases en Wittenberg.

La travesía fue corta y afortunadamente no se mareó. No le gustaban mucho los barcos, aunque había tenido que tomar uno cada vez que había regresado a España. En cuanto desembarcó en el populoso puerto de Londres enseguida comenzó a comparar la urbe con la capital de Francia. Londres era mucho más caótica que París. Sus calles olían mal y una niebla molesta, que provenía del río, solía aparecer a última hora de la tarde y a primera de la mañana. Tampoco tenía la luz del cielo de París, sus tonos azul plomizo y gris le daba un aspecto melancólico. Había escrito una carta a John Warner, rector del All Souls College, para poder visitar la universidad y deseaba conocer a dos de los reformados más conocidos de Inglaterra: Crispin y Garbrand.

Jean Crispin había sido uno de sus amigos en Lovaina y lo esperaba en el puerto cuando desembarcó. Los dos hombres se dieron la mano y después se abrazaron.

—¡Cuánto tiempo, viejo amigo! —exclamó Jean al ver a su compañero de Lovaina.

Francisco lo notó diferente, ya no era el muchacho barbilampiño que había conocido. En aquellos tres años todos habían envejecido de forma prematura.

—He contratado una carroza para que nos lleve hasta Oxford, llegaremos en unas cuantas horas, pero así tendremos tiempo de charlar.

A pesar del traqueteo del camino los dos amigos se acomodaron lo mejor que pudieron. Francisco le contó cómo estaban las cosas en Lovaina y los últimos momentos de su tío en París.

—Lo lamento mucho por ti, aquí podrías labrarte un porvenir y es un lugar relativamente tranquilo para vivir. Es cierto que los problemas políticos son constantes, acaban de ejecutar al ministro principal del rey, Thomas Cromwell, pero, desde su divorcio de la reina española, el rey se ha inclinado más por la Reforma y nos protege a todos.

—¿Qué sucederá cuando muera?

Crispin enarcó una ceja, como si no le gustara hablar de ese tema.

—Creo que su majestad tiene unos cuarenta y nueve años, pero su salud es de hierro.

A Francisco no le convenció demasiado la contestación de su amigo. No le gustaba fiarse de la benevolencia de monarcas, siempre tan cambiantes según su interés.

Llegaron a Oxford a última hora de la tarde. Tenían los riñones destrozados, pero en cuanto el joven burgalés vio el pequeño pueblecito y su universidad medieval, se alivió de cualquier malestar.

Crispin lo llevó directamente a la casa de Warner, pues el rector se había ofrecido a alojarlo.

En cuanto llegaron a la casa, dos estudiantes los ayudaron con el equipaje y los recibieron en la puerta John Warnes y su amigo Garbrand.

—Imagino que ha sido un largo viaje, hemos preparado unas viandas para que podáis recuperar fuerzas. Hemos asado un faisán y tenemos un clarete muy digestivo.

Los cuatro pasaron al comedor, donde ya estaba la mesa dispuesta. Francisco sintió el cansancio en cuanto se sentó, pero la comida le permitió reanimarse muy pronto.

—Todo está exquisito —dijo mientras se limpiaba los labios con una servilleta de un blanco impoluto.

—Muchos colegas del continente nos consideran bárbaros, pero os aseguro que no hay nada de verdad en esos rumores —dijo Warner mientras dejaba su servilleta sobre la mesa.

Trajeron unos exquisitos postres y se sentaron en el salón, cerca de la chimenea. A pesar de estar bien entrado el verano hacía frío y podía sentirse una humedad que calaba los huesos.

—Vuestro amigo me ha hablado muy bien de vos, me ha comentado que sois un gran especialista en griego y otras lenguas clásicas.

—Me temo que Crispin es demasiado generoso.

—Nada de eso, Francisco era el mejor alumno de Lovaina —protestó su amigo.

—Además me ha comentado vuestro interés por traducir el Nuevo Testamento de Nuestro Señor Jesucristo al castellano. Sería un regalo para la cristiandad.

—Lo sería, sin duda, aunque no estoy seguro de que mi traducción pueda estar a la altura.

John Warner se levantó y se aproximó al fuego, después se giró y con una sonrisa le dijo:

—¿Os gustaría ser profesor en Oxford? A pesar de vuestra juventud no podéis tener mejores referencias.

—Me honráis con vuestro ofrecimiento, pero antes querría estudiar griego un año o dos más. Deseo hacerlo con el mejor.

El rector frunció el ceño y se cruzó de brazos.

—¿Y quién es el mejor?

—Philipp Melanchthon.

—Os prometo que si os lo pensáis mejor tendréis una plaza fija en Oxford, pero no estoy seguro de que la universidad lo apruebe si estudiáis en Wittenberg. El rey no aprecia demasiado a los luteranos y tampoco a los calvinistas.

—Creo que el hombre debe planificar su destino, pero solo Dios dirige nuestros pasos.

—Me parece muy acertada vuestra opinión.

Francisco había aprendido que la voluntad humana era siempre cambiante, pero que si se fiaba de Dios nada podría salir mal, hasta las adversidades de la vida se verían con un color diferente.

Francisco disfrutó durante una semana de la hospitalidad de la universidad. Se preguntaba cómo Dios le daba tantos dones inmerecidos. Después regresó a Londres para tomar un barco hasta Amberes, quería visitar a su tío Diego Ortega antes de ir a Wittenberg, pues era consciente de que podía ser la última vez que su familia quisiera saber algo de él. Ya les había costado aceptar que estudiara en Lovaina, pero matricularse en la universidad de los luteranos era una declaración de guerra abierta contra el emperador, y ese tipo de afrentas se solían pagar con la vida.

CAPÍTULO 10

Peligro

«De dos males, elige el menor».
ERASMO DE ROTTERDAM

**Amberes, 22 de septiembre del año
de Nuestro Señor de 1541**

LA TRAVESÍA DE REGRESO AL continente no fue tan
placentera. Desde su salida de Londres, el tiempo empeoró y
tardaron un día entero en llegar a Amberes. Cuando Francisco
bajó del barco se tambaleaba y tenía ganas de vomitar. Llegó con
dificultad al centro de la ciudad. Apenas había visto la fachada
de la casa familiar cuando dos hombres lo tomaron por los brazos
y lo empujaron a un callejón oscuro. Creyó que querían robarle,
pero no le quitaron la bolsa, simplemente le intentaron introducir
en una carroza. En ese momento apareció de la nada un hombre
armado con un gran bastón que usó para golpear al primero y,
cuando el otro quiso reaccionar, atizó en la cabeza al segundo.
Los dos secuestradores escaparon y el desconocido agarró a
Francisco por el brazo y se lo llevó hasta una posada cercana.
Cuando ocuparon una mesa el burgalés estaba aún blanco como
una pared encalada.

—¿Qué ha pasado? ¿Quién sois vos?

El hombre se quitó el sombrero y se bajó el pañuelo que le cubría la cara. Enseguida reconoció a su viejo amigo Francisco de San Román.

—¡Cielo santo! ¿Qué hacéis en Amberes?

El paisano pidió bebida y algo de comer, dejó el bastón en el banco y se quitó la pesada capa.

—Fui a buscaros a Lovaina pero me informaron que os habíais marchado, hablé con vuestro tío y me comentó que estabais regresando de Inglaterra. Esta mañana me pasé para saber más noticias sobre vos y vi cómo dos hombres os asaltaban.

—He tenido mucha suerte.

—No querido amigo, Dios os ha guardado de una prisión o muerte segura. Os lo digo por experiencia.

Francisco se quedó sorprendido ante las palabras de su viejo amigo.

—Llevo más de un año intentado dar con vos para hablaros de lo que he descubierto. Cuando estaba de visita en la ciudad de Bremen escuché a un famoso predicador llamado Jacobus Spreng. No soy muy ducho en el idioma alemán, pero enseguida entendí cuál era la verdadera religión. El predicador me llevó a su casa y continuó explicándome el significado de la muerte de nuestro Salvador, el valor de la gracia, las mentiras de la Iglesia y cómo podía ser salvo. Desde aquel día mi corazón cambió por completo, ya no me interesaba hacer dinero y regresar rico a España para comprarme una gran casa y vivir de las rentas. Desde entonces me he convertido en predicador.

—¿El pequeño y pilluelo de San Román es ahora un predicador? Ciertamente Dios es capaz de hacer cualquier milagro.

—Escribí un catecismo para repartir entre mis amigos españoles y flamencos; también os escribí a vos, pero no me respondíais a mis cartas.

—Debía de estar camino de París.

—Cuando regresé de Lovaina para buscaros, unos hombres me detuvieron y encerraron en un convento de dominicos y estuvieron varios días intentando convencerme de mis errores. Al final los convencí yo para que me dejaran regresar a España y a cambio les prometí que sería más moderado en mis predicaciones. Los mismos que me soltaron eran los que intentaban capturaros a vos. La ciudad es peligrosa, deberíamos irnos de inmediato.

—Yo no pasaré aquí más de un par de noches, quiero viajar a Wittenberg lo antes posible.

—¿Os referís a la Wittenberg de Martín Lutero?

—¿Acaso hay otra?

—Yo planeaba viajar a Ratisbona, me he informado de que allí se encuentra el emperador Carlos V.

Francisco, que ya había recuperado el aliento, puso la mano derecha sobre el hombro de su compatriota.

—No hagáis una locura tal.

—Dios me manda a predicar al emperador, y si él se convierte la persecución a nuestros hermanos cesará y la predicación de la Palabra de Dios se extenderá por todo el imperio, incluida nuestra amada patria.

—Sois muy osado, amigo, pues es una idea temeraria.

—Dios mandó a los antiguos profetas para que hablasen delante de reyes y emperadores, muchos no regresaron jamás, pero obedecieron a su Señor. ¿Puedo yo hacer otra cosa?

Los dos hombres se abrazaron emocionados y tras orar brevemente, San Román acompañó a su viejo amigo hasta la puerta de la casa de Diego Ortega.

—Dios os guarde, oraré por vos y por vuestra misión.

—Gracias, Francisco. Dios es bueno, nos ha llamado a los dos a la vez para hacer grandes cosas para Él.

Los dos amigos se despidieron, lo que no sabían es que jamás se volverían a ver.

CAPÍTULO 11

Amberes

«Se ha de evitar que la deliberación
degenere en alboroto».
Erasmo de Rotterdam

Amberes, octubre del año
de Nuestro Señor de 1541

FRANCISCO SABÍA QUE LA CASA de su tío era como
la suya propia. Le hubiera gustado partir de inmediato para
Wittenberg, pero su tío quiso que se quedara en la ciudad
para resolver algunos asuntos, sobre todo en lo que competía
a su manutención. El dinero que había llevado a Lovaina unos
años antes ya se le había agotado y, aunque su tío le había
dejado algo en herencia, había preferido que su hermano se
llevase la mayor parte, ya que Roma era un lugar más peligroso
que Wittenberg y seguramente tendría que comprar más de
una voluntad.

Cada día almorzaba con su tío y sus primos antes de dirigirse
a los bancos para arreglar los pagarés y supervisar las compañías
que compraban la lana de su familia en España.

—Tengo que partir antes de que llegue octubre, querría empezar el curso a tiempo.

—¿Por qué debéis estudiar en Wittenberg? Ya sois un especialista en griego y si tanto deseáis traducir el Nuevo Testamento esta es la mejor ciudad del mundo para publicar el libro.

—No quiero poneros en peligro ni a vos ni a vuestra familia.

Su tío hizo un gesto de desaprobación, era un hombre extremadamente supersticioso y pensaba que hablar de aquella manera podía acarrearles a todos mala suerte.

—Aquí estáis seguro, el incidente que os sucedió tras vuestra llegada fue algo que no se volverá a repetir, os lo garantizo. Podemos conseguir un salvoconducto del emperador y una dispensa del papa. No tenéis nada que temer.

—Nuestra familia es rica y poderosa. Nuestros antepasados lograron juntar una fabulosa fortuna. Somos supervivientes. Cuando se nos pidió que dejásemos nuestra fe hebrea lo hicimos. A veces tengo la sensación de que nuestro único Dios es el dinero.

—Dios es el que da las riquezas, no debéis despreciarlas. Sois un hombre afortunado y bendecido por Nuestro Señor.

—No quiero eso para mí. Os acordáis cuando aquel joven rico se acercó a Jesús y le dijo qué podía hacer para ganar la vida eterna. Él le contestó que cumpliera la ley y este le respondió que eso había hecho desde su juventud. Yo he sido siempre una buena persona, escapé de Alcalá de Henares para no sucumbir a la tentación, pero eso no me hizo justo ante Dios. Nadie puede presentarse ante Su presencia y considerarse bueno. Entonces entendí que amaba más las riquezas que a Cristo. Leí a San Agustín y comprendí que igual que para él la lujuria era su pecado nefando, para mí lo era la avaricia. Nuestra familia ha pecado de avaricia, querido tío. Lamento deciros esto. Damos muchos donativos a los pobres y acudimos a la iglesia para lavar nuestras culpas, pero no quiero por más tiempo poner por delante al dios Mammon que a Cristo.

El anciano lo miró apesadumbrado, tenía los hombros caídos y sus ricos ropajes no podían disimular la decrepitud de su cuerpo.

—Los Enzinas somos una familia importante, los reyes de la tierra nos piden prestado, nadie nos mira por encima del hombro.

—Lo sé tío, pero ¿de qué sirve ganar todo el dinero del mundo si se pierde el alma? Ese dinero que prestáis al emperador él lo usa para hacer la guerra y matar a gente inocente.

—El dinero no hace daño a nadie. Como lo emplee el emperador es asunto suyo.

—Mañana partiré para Wittenberg, si pensáis que no merezco llevarme nada, lo entenderé.

—¿Estáis hablando del sucio dinero de vuestra familia?

—Al menos lo emplearé en algo mejor que en comprar armas, os lo aseguro.

A la mañana siguiente, muy temprano, Francisco tomó una cabalgadura, llenó las alforjas para el camino y ya estaba dispuesto a salir de la casa cuando su tío apareció.

—Tomad esto —dijo entregándole una pesada bolsa llena de monedas de oro.

—Es demasiado…

—Rogad por mi alma, Francisco. Ojalá el Dios al que servís algún día acabe con este sistema tan odioso en el que los ricos son cada vez más ricos y los pobres más pobres. Que Su reino de justicia y amor nos alcance a todos.

A Francisco le enternecieron aquellas palabras.

—Entregad ahora vuestra vida a Cristo. Él ya pagó el precio por vos en la cruz del Calvario.

El hombre agachó la cabeza y azuzó al caballo para que saliera a la plaza empedrada. Tenía que dejar demasiadas cosas para seguir a Cristo, pero la más difícil de todas era entregarle el poder sobre su vida y rendirse a Él.

CAPÍTULO 12

Wittenberg

«Solía Diógenes algunas veces irse a las estatuas
y demandarles alguna cosa. Y como se
maravillasen de esto los que lo veían, dijo:
Hago esto para acostumbrarme a no moverme
ni perturbarme si alguna vez demandare
algo a los hombres y no lo alcanzare».
ERASMO DE ROTTERDAM

Wittenberg, 25 de octubre del año de Nuestro Señor de 1541

TODOS TENEMOS UNA ROMA EN EL CORAZÓN, pensó Francisco de Enzinas al ver de lejos la ciudad. La pequeña Roma de los reformados la componían unas pocas iglesias, dos plazas ornamentadas y las pequeñas casas al estilo de Sajonia. Algo más de cuatro mil quinientas almas vivían en la localidad. Era la sede permanente del elector de Sajonia. Sus fachadas cuadradas parecían dibujadas por un niño pequeño en su cuaderno de aprendizaje.

Francisco se acercó hasta la Iglesia de Todos los Santos y no pudo evitar tocar la puerta donde Martín Lutero en 1517 había colgado sus 95 tesis. Por un momento se dio cuenta de que estaba cometiendo las mismas faltas que había criticado en los romanistas. Sabía que todo el mundo terminaba venerando aquello que amaba hasta convertirlo en lo contrario a lo que perseguía.

—¡Es una puerta corriente! —le gritó un hombre rechoncho, con el pelo largo medio cano y la barba sin afeitar.

—Tenéis razón, es solo una puerta como otras muchas. —El hombre se le aproximó y al escucharlo hablar le preguntó de dónde era—. Soy español.

El hombre sonrió y se marcaron en su rostro todas las arrugas de su edad.

—Hace mucho que no veo a un español, la última vez fue hace mucho tiempo en Worms —dijo el hombre, después colocó sus manos detrás de la espalda y siguió su camino a largas zancadas.

Francisco preguntó a varias personas antes de dar con la casa de Melanchthon. Cuando llegó frente a la casa se sorprendió al ver que destacaba del resto. Tenía dos plantas además de la baja y una gran cornisa con arcos que la hacía destacar entre las demás.

Llamó a la puerta y esperó a que le abriesen. Asomó enseguida la cara de una niña rubicunda de unos diez años y le preguntó:

—¿Quién eres tú?

Francisco sonrió y le dijo:

—Soy Francisco de Enzinas y vengo a ver a tu padre.

—Está en la universidad, como siempre…

Apenas había acabado la frase cuando asomó por encima de su cabeza la cara de una joven pecosa que no debía de tener más de veinte años, pero que cargaba con dos niños.

—Magdalena, no seas mal educada.

—Mi padre está en clase, pero nos avisó de su llegada. Yo soy su hija Anna, vivo con mi esposo en la casa del fondo, aunque paso la mayor parte del tiempo aquí. Pero pase.

Francisco logró entrar en la casa de lado. El pasillo era alargado, le condujeron hasta la cocina donde la esposa del teólogo daba órdenes a dos criadas. Al ver al joven se quitó el mandil y se atusó el pelo.

—Lamento mi aspecto, no pensábamos que llegaría tan temprano.

La mujer lo llevó hasta el salón, lo hizo sentar y le ofreció un poco de cerveza. Después pidió a las criadas que llevasen su equipaje a la habitación.

—Si lo deseáis mi hijo George puede llevaros a la universidad.

—No se moleste, señora Melanchthon.

—No es molestia.

George era un jovencito de catorce años de pelo castaño claro. Lo miró con sus grandes ojos azules antes de indicarle que lo siguiera.

—Gracias por tu amabilidad.

—Dice mi madre que estoy en la edad en la que ya no soy un niño ni tampoco un hombre. Por la mañana recibo clase para hacerme bachiller, pero no me gustan demasiado las letras. Mi padre se pasa todo el santo día leyendo libros o hablando sobre ellos. Le gustan sobre todo los escritos en griego, hasta me ha obligado a que aprenda ese idioma del demonio. —El joven se tapó la boca al pronunciar esas palabras—. Lo siento, no le diga nada o me molerá a palos.

Llegaron a los pocos minutos a la pequeña facultad. Entraron en el edificio y el chico lo llevó directamente hasta el aula, le abrió la puerta y se marchó.

Francisco vio a Melanchthon hablando a sus alumnos. Al principio se sintió cohibido pero este le hizo un gesto para que tomara asiento.

—Querido Francisco, no tenga vergüenza, aquí estamos para aprender, no para formalismos.

—Gracias, maestro.

—Como estábamos diciendo, la gramática va de la mano de la retórica y de la dialéctica. Por eso son tan importantes los ejercicios de estilo, versificación y diálogo que les mando. Tenemos que analizar los textos sagrados e intentar hacer un estudio crítico. Para ello debemos leer a los clásicos griegos, ellos fueron los que dieron origen a las palabras, las mismas que luego usaron los apóstoles para comunicarse con las primeras iglesias. Por eso es necesario que, al saber de la teología, se añada además el conocimiento de la filosofía. Las palabras del apóstol Pablo están dentro del contexto del mundo que le tocó vivir. Si desconocen a Cicerón, Demóstenes, Virgilio, Ovidio o Ptolomeo no entenderán jamás a san Juan, san Pablo, Santiago o Pedro. Todos los saberes del mundo se fundamentan en la lengua; la filología es la única que puede enseñarnos el camino al conocimiento y llevarnos a la meta de la verdad.

En ese momento el hombre regordete que había visto Francisco en la puerta de la iglesia entró en la sala y todos se pusieron en pie.

—Siéntense, por favor, no soy el papa ni el emperador, soy un simple profesor.

Todos los alumnos sonrieron. El hombre dirigió sus penetrantes ojos hacia Francisco.

—El español ya está sentado en clase y acaba de llegar a la ciudad. Ya decía el bueno de Erasmo que Europa terminaba en los Pirineos.

Todos los alumnos se echaron a reír, pero Francisco se puso rojo.

—Francisco de Enzinas es uno de los mejores alumnos de Lovaina —dijo Melanchthon, que se había dado cuenta del apuro del burgalés—. Como todos sabréis está arriesgando su vida por venir a estudiar a esta humilde universidad en medio de la nada.

Todos los alumnos se pusieron en pie y comenzaron a aplaudir al joven español. El hombre rechoncho, que al final comprendió Francisco que era el mismo Martín Lutero, se unió a los aplausos e hizo una ligera reverencia. Mientras todos lo aplaudían, el español se limitó a agachar la cabeza y pensar que había llegado al sitio adecuado para continuar con su labor, aunque con ello pusiera a todo el mundo en contra.

CAPÍTULO 13

Una misión

«¿Qué sentido tiene, expuestos como
estamos a tan gran número de males,
echarse encima voluntariamente otro más,
como si no tuviéramos bastante?».
ERASMO DE ROTTERDAM

Wittenberg, diciembre del año de Nuestro Señor de 1541

ADEMÁS DE LAS CLASES MAGISTRALES de los profesores de la universidad, las tertulias eran el momento preferido de Francisco. A fuerza de leer, estudiar y escuchar, ya comprendía y podía expresarse en alemán perfectamente. No era sencillo entender la ironía de Lutero o la erudición de Melanchthon. En cuanto pasó un tiempo junto a estos dos grandes genios de la Reforma se dio cuenta de que Melanchthon era mucho más inteligente que Lutero, pero que este era mucho más carismático que aquel.

El ambiente familiar era otra cosa que apreciaba el joven burgalés. Todos lo trataban como si fuera uno más de la familia; los pequeños como a un hermano mayor. Anna era la única que lo miraba con cierta desconfianza, a pesar de que se había hecho íntimo amigo de su esposo Georg Sabinus, un gran erudito en las lenguas clásicas y el derecho.

—Lo que no entiendo, querido Martín —dijo Melanchthon a su amigo—, ¿por qué estás empeñado en no intentar un acuerdo con los católicos?

—Ya no hay vuelta atrás. Quisimos reformar la Iglesia pero no nos dejaron, ya sabes que son las sinagogas de Satanás. Nada tienen en común la luz con las tinieblas.

—Nuestros príncipes también han cometido tropelías.

—Sin duda.

Mientras los dos grandes hombres hablaban nadie se atrevía a intervenir, pero, de repente, Francisco alzó la voz y todos lo observaron con cierto asombro.

—Si me permiten intervenir, creo que lo más importante en este asunto es que nuestra lucha no es contra carne ni sangre, y desde hace tiempo la cristiandad combate por dogmas de fe, mientras que los infieles están avanzando y, si no lo impedimos, conquistarán toda Europa.

Lutero, que era el que menos había hablado con el burgalés, le comentó:

—Vos sois español, hijo del imperio, vuestro pueblo está conquistando nuevas tierras y cristianizándolas, pero el emperador utiliza el mismo instrumento que sus abuelos, la inquisición, para perseguir a todo aquel que se le opone. ¿Acaso no es él de carne y hueso?

—Sin duda lo es. Una vez lo vi de lejos y mi familia ha tenido tratos con la familia imperial desde hace décadas, pero en cuanto a la fe no es mucho mejor que cualquier perdido que ignora las Escrituras. Un buen amigo mío, Francisco de San Román, ha ido a su encuentro para predicarle, que Dios lo guarde.

—Yo vi a ese jovenzuelo de apenas veintiún años, tenía el mentón muy saliente y lo elevaba altivo, su piel era tan blanca que parecía transparente y sus ojos brillantes. No era atractivo, pero tenía porte real, sin duda. Las dos veces que hablé ante él se mantuvo distante y desafiante. Sin duda para su majestad yo debería ser poco más que una mota de polvo. Escuchó lo que expliqué sobre la salvación, la gracia divina y la muerte vicaria de Cristo. ¿Sabéis que fue alumno de Erasmo?, puede que por eso su fino cinismo le impidiera entender un mensaje tan sencillo y claro.

—Puede que el emperador haya cambiado, todos lo hacemos. ¿No creéis?

—Sin duda, jamás un hombre se baña dos veces en un mismo río, porque ni el hombre es el mismo ni el agua tampoco, pero a esos monarcas se los educa con la creencia falsa de Roma de que su palabra es casi como la de Dios en la tierra. Por eso es tan difícil que admita que es un pecador como cada uno de nosotros. Luchamos con las armas del Espíritu, pero Satanás usa a esos reyes y príncipes de la Iglesia para gobernar este mundo. Hasta que nuestro Señor Jesucristo regrese en gloria, tendremos que sufrir persecución.

—¿Son mejores los príncipes alemanes?

—No os negaré que únicamente unos pocos se han entregado de verdad a Cristo, los demás lo han hecho por su propio interés y rebeldía. Nosotros les hablamos de Dios, pero luego ellos hacen lo que sale de su naturaleza pecadora.

Francisco meditó un momento antes de contestar a Lutero.

—Me propongo traducir la palabra de Dios al castellano y presentarla al emperador. Puede que empeñe mi vida en ello, pero no es muy inteligente oponerse a la propia conciencia.

Lutero sonrió, después miró al resto de los comensales y levantó su copa.

—Este español es más astuto que mil papistas.

CAPÍTULO 14

Traición

«De la diferencia nace la discordia, y de la
discordia viene el apartamiento de la unidad».
ERASMO DE ROTTERDAM

Wittenberg, enero del año
de Nuestro Señor de 1542

EL TRABAJO LABORIOSO EN LA traducción del Nuevo
Testamento le ocupaba la mayor parte del día, aunque sacaba
algo de tiempo para escribir una guía para seguir la lectura de la
Biblia y de los clásicos.

La carta de su amigo Antoine Schore desde Estrasburgo lo
sacó de aquella vida pacífica dedicada al estudio. En ella le explicaba que la situación de los reformados era muy difícil y que se
agravaba por momentos. Su buen amigo había tenido que huir de
inmediato para no caer en las manos de las autoridades y terminar
preso o, lo que era mucho peor, asesinado.

La otra carta a la que había dado muchas vueltas era una
petición de Álvaro, su padre, que le había pedido a Samuel Flinner que ayudase a Diego y a él en varios asuntos. Su familiar le
rogaba que fuera hasta Worms para arreglar unos asuntos notaria-
les. Al principio se negó, pero no quería perjudicar a su familia y

decidió dirigirse hasta la ciudad bañada por las aguas del Rin para encontrarse con el enviado de su familia.

Francisco preparó su caballo y se dirigió al sur, tardó varias jornadas en llegar a Worms, porque los caminos estaban repletos de nieve y sus manos y rostro congelados parecían derretirse cada vez que entraba en una posada. Cuando llegó a la ciudad y pidió alojamiento, estuvo toda una tarde metido en cama para recuperarse del esfuerzo.

El tal Samuel Flinner lo esperaba en el salón de la posada cuando bajó a cenar. Era un tipo rubio, delgado y vestido con la típica ropa flamenca. Lo saludó en neerlandés y ambos se sentaron a cenar.

—Su familia está muy preocupada, la inquisición anda preguntando por vos en España. ¿Cómo se le ha ocurrido ir a Wittenberg? Allí está la casa de Satanás.

—No he venido hasta aquí para entrar en polémica. ¿Qué papeles me ha traído para firmar?

El hombre sacó varios documentos, en ellos se desvinculaba a los dos hermanos de su relación con las empresas familiares hasta que las cosas se calmaran.

—Ya está, espero que con esto sea suficiente.

—Su padre me ha rogado que lo convenza de que trabaje para el emperador.

Francisco frunció el ceño, confuso.

—No os entiendo.

—El emperador estaría encantado de tener un espía en el corazón mismo de Wittenberg, alguien que se siente a la misma mesa de Melanchthon y Lutero.

—¡Os habéis vuelto loco! Soy un fiel súbdito del emperador aunque no comparta su política religiosa, pero no podéis pedirme que me convierta en un espía.

—El emperador podría daros una prelatura, podríais seguir con vuestras traducciones, aunque solo serían para hombres doctos que sepan interpretar las Sagradas Escrituras.

Francisco se levantó de la mesa y se marchó a sus aposentos para intentar dormir un poco, ya que al día siguiente partiría al alba.

Apenas había dormido un par de horas cuando notó que alguien intentaba entrar, apoyó la silla para atrancar la puerta y se vistió lo más rápido que pudo. No sabía qué hacer. Al final, miró la ventana y la abrió, el frío de la noche terminó de espabilarlo. Sin pensarlo dos veces saltó por la ventana sobre un carro lleno de heno que estaba tapado con una lona. Ya en el suelo fue a las caballerizas y ensilló su caballo. Unos segundos más tarde estaba dejando la posada, aunque unos hombres intentaron cortarle el paso del camino, pero los arrolló. Tenía el corazón desbocado por el miedo. Escapó a galope sin mirar atrás hasta que estuvo en el corazón de Alemania, que era el único lugar en el que se sentía en verdad a salvo.

CAPÍTULO 15

Dudas

«La locura es el origen de las hazañas
de todos los héroes».
ERASMO DE ROTTERDAM

Wittenberg, noviembre del año
de Nuestro Señor de 1542

LA TRADUCCIÓN DE LA BIBLIA era ardua y complicada. El Antiguo Testamento había sido traducido al griego para los judíos de la diáspora, en especial para los que habitaban en Egipto. En el siglo IV toda la Biblia estaba traducida en latín. En la Edad Media, Alfonso X el Sabio había mandado traducir al castellano algunas partes de la Biblia. Una versión completa de la Biblia que Francisco de Enzinas había descubierto, aunque él no había tenido acceso a ella, era la Biblia del Alba, traducida por Moisés Arragel para el maestre de la orden de Calatrava Luis González de Guzmán, pero por lo que tenía entendido la traducción se había hecho desde el latín. La intención del burgalés era primero traducir el Nuevo Testamento del griego original que Erasmo había rescatado y después hacer otro tanto con el Antiguo Testamento. Algo que muchos no habían comprendido hasta aquel momento era que se debía acudir a la fuente original, ya que en cada traducción el texto podía ser modificado sin intención o simplemente interpretado inadecuadamente.

Francisco notó una cabeza que asomaba por encima de su hombro.

—Vais muy avanzado —dijo Lutero al joven, que en el fondo le recordaba a él mismo unos años antes. A pesar de tenerse un profundo respeto, no habían logrado congeniar, seguramente por la diferencia de temperamento y la distancia cultural.

—Mientras traducía la Biblia en el castillo, en aquella torre alejada de todo me asaltaron muchas dudas —le confesó Lutero—. Pensaba que a veces la verdad es demasiado dura de comprender y que los hombres aman más las tinieblas, aunque en algunos momentos me animaba saber que Dios estaba detrás de aquel propósito. Mi vida se encontraba en peligro de muerte, pero nadie podría detener la Palabra de Dios si circulaba por todas partes en el idioma vulgar.

—Eso es lo que intento. Me duele que mis compatriotas ignoren por completo las enseñanzas de nuestro Salvador Jesucristo.

Lutero se apoyó en la mesa y lo miró fijamente a los ojos.

—También está el peligro de que muchos malinterpreten la Biblia y causen revoluciones y estragos como pasó en Alemania.

—Lo entiendo, pero Dios nos concedió el libre albedrío, además, en Suiza o los Países Bajos no ha sucedido así.

—Eso es cierto, joven Francisco. ¿Queréis que os preste mi Biblia complutense? Logré hacerme con un ejemplar sin que el cardenal Cisneros se enterase —dijo el reformador con su sonrisa picarona.

—Me sería de gran ayuda.

—El griego de Erasmo es bueno, pero no está de más echarle el ojo a otro texto. ¿Me aceptaríais un consejo?

Francisco afirmó con la cabeza.

—Poned las bellas palabras de Nuestro Señor en un lenguaje que pueda entender el campesino, el tendero o la lavandera. Este libro tiene que ir destinado a ellos, no a los príncipes. Dios murió por todos, pero vino a libertar a los cautivos, visitar a los que estaban en prisión y anunciar el año agradable de Nuestro Señor.

En cuanto el reformador se alejó, Francisco soltó la pluma. En cada palabra y en cada frase lo asaltaba un mar de dudas. ¿Estaría poniendo el tono correcto, la palabra precisa sin desvirtuar el mensaje de Jesús?

Tocó con los dedos el papel, como si acariciase un campo sembrado de trigo, notó la rugosidad y luego la tinta que suavizaba el tosco y amarillento papel. Cerró los ojos y se imaginó a miles de sus compatriotas predicando en las plazas de su amado Burgos, de la populosa Valladolid, de la sabia Salamanca, de la gloriosa Segovia, de la sensual Córdoba, de la libre Barcelona, de la altiva Sevilla, de la austera Zaragoza, de la pétrea ciudad de Santiago, de la calurosa Cáceres y de la alegre Valencia. Dejando que de nuevo las hermosas palabras de Jesús corrieran por las calles tocando el corazón endurecido de un pueblo ignorante, pero al que amaba con toda su alma.

2ª PARTE

Cautiverio

CAPÍTULO 16

La partida

*«La existencia más placentera consiste
en no reflexionar nada».*
ERASMO DE ROTTERDAM

**Wittenberg, febrero del año
de Nuestro Señor de 1542**

FRANCISCO HABÍA HECHO EL ÚLTIMO repaso y había
dejado el manuscrito a buen recaudo. Tras salir de su cuarto y
dirigirse al comedor, se encontró con la sorpresa de que todos sus
amigos lo estaban esperando. Todo lo había preparado Melanchthon junto a su mujer. Apreciaba al joven español, era consciente
de su inteligencia y su valentía.

—Muchas gracias a todos, pero no era necesario.

Los niños saludaron al burgalés antes de irse a la cama y luego,
cuando los adultos estuvieron a solas, Georg Sabinus le expresó
sus preocupaciones.

—Me parece muy bien que marches a Amberes para imprimir
el Nuevo Testamento, aunque creo que en Alemania hay buenos
impresores, pero que busquéis a Carlos V para que autorice su
distribución es algo insensato.

Lutero asintió con la cabeza.

—Carlos es un presuntuoso y no accederá. Lo único que le interesa, en realidad, es el gobierno del mundo, no el bienestar de sus súbditos.

—No me importa, Dios tiene que darle una nueva oportunidad para arrepentirse: si accede y autoriza, el beneficio será todavía mayor.

—Pero arriesgaréis la vida, si es que accede a recibiros. Además, de esa forma pondréis sobre aviso a los inquisidores, secuestrarán la obra y todo habrá sido en vano —añadió Georg.

Francisco no contestó, todos aquellos comentarios lo desanimaban, sabía los pros y los contras de su misión, pero lo único que esperaba de sus amigos eran palabras de ánimo.

—No seáis como los amigos de Job, que fueron a consolarlo y terminaron acusándolo de haber pecado. Cada uno de nosotros tiene una misión en esta vida. Acaso tú, Martín, ¿no fuiste a Worms? Por no hablar de los riesgos que todos hemos corrido por el bien de la verdad. Nadie debería ser mártir si Dios no lo llama, pero ¿qué hay más honroso que morir por Cristo?

Se hizo un incómodo silencio hasta que Katharina se puso en pie y trajo un pastel que colocó en medio de la mesa.

—No es un día para caras largas. Nuestra vida entera se encuentra en manos de Dios, simplemente cumplamos Su voluntad y esperemos en Él, pero mientras tanto celebremos juntos la vida que nos da.

La fiesta continuó hasta casi medianoche, como si nadie quisiera despedirse de Francisco. Al final Georg se marchó con Anna, su esposa; después Lutero y se quedaron solos Philipp y él.

—No cometáis ninguna imprudencia, si veis peligro regresad de inmediato.

—Pero antes me decíais...

—Sois como un hijo para mí, es muy importante que la Palabra de Dios llegue a vuestro idioma, pero si se pierde ese texto haréis uno mejor. Oraré por vos.

El profesor abrazó a su alumno. No deseaba despedirse de él, pero sabía que los alumnos debían tomar su camino y llevar a la práctica lo aprendido.

—Una cosa he comprendido en todos estos años, que el todo del hombre es amar a Dios y a su prójimo. Dad sin medida, amad sin medida y nuestro Señor hará el resto.

Aquellas últimas palabras de su maestro lo acompañaron durante todos sus viajes. No le importaba el reconocimiento de los hombres o su aplauso, solo Dios le bastaba.

A la mañana siguiente partió de Wittenberg, donde aquella vida sencilla sin sobresaltos lo había cautivado. No anhelaba nada mejor, pero tenía que dejarlo todo de nuevo por Cristo. Muchos de sus amigos no lo entendían. Él lo tenía todo, podría haber tenido una vida larga y tranquila, pero nada había saciado su alma hasta descubrir la verdad y lo mínimo que debía hacer con ella era entregársela ahora al mundo.

CAPÍTULO 17

Emden

«Qué otra cosa es la vida de los mortales, sino una comedia en la que unos actores se disfrazan y ataviados con sus máscaras representan sus respectivos papeles hasta que el director de escena les ordena retirarse de las tablas».
ERASMO DE ROTTERDAM

Emden, febrero del año de Nuestro Señor de 1542

LA MAYOR VIRTUD DEL HOMBRE es hacer amigos. Al menos eso era lo que creía Francisco. Su grupo de Lovaina se había extendido por toda Alemania, Suiza y parte de los Países Bajos. Su buen amigo el polaco Jan Laski lo esperaba en la ciudad donde era superintendente de la iglesia.

La ciudad estaba situada junto a la desembocadura del río Ems, formando una bahía que la protegía de los vientos del norte. Sus coloridas casas se reflejaban en las aguas del río y las calles empedradas y ordenadas parecían todas encaminarse a la principal, en la que se levantaba el hermoso ayuntamiento.

Jan estaba en su casa, junto a la iglesia, cuando Francisco llamó a la puerta. Aún traía encima el frío invierno de Sajonia, por lo que Frisia le pareció el paraíso.

—¡Dios mío, cuánto bueno por aquí! —exclamó el gigantesco polaco con su gran barriga y su larga barba que le llegaba casi hasta el cinturón.

—¡Me alegro de verte, grandullón!

Los dos hombres se sentaron a la mesa, tenían muchas cosas que contarse.

—¿Cómo es que al final aceptaste la oferta de venir aquí?

—Esa es una larga historia amigo —dijo Jan mientras se mesaba la barba.

Bárbara apareció de repente y se acercó al español.

—Me alegra veros.

La joven de familia humilde era una cocinera excelente y de una inteligencia inusitada.

—¿Quieres que te prepare algo?

—No, muchas gracias.

La mujer los dejó de nuevo a solas y Jan le preguntó por Melanchthon al que había conocido años antes en Leipzig. De hecho, él lo había recomendado para que el alemán lo acogiera en su casa.

—Me alegro de que todo esté bien por Wittenberg, aquí las cosas están calmadas. Los viejos creyentes han tenido disputas con los anabaptistas y con los luteranos. No entiendo por qué no estamos todos unidos, los dogmas parecen barreras más que la argamasa que debía unir a todos los creyentes.

—¿Qué pasó en Cracovia?

El rostro del hombre se ensombreció de repente.

—Lo intenté, te lo aseguro. Ya sabes cómo amo a mis hermanos polacos, pero el reino se está cerrando al evangelio. Enno II falleció y su viuda me ofreció de nuevo el cargo. Este es un buen lugar para cuidar a la familia y predicar la Palabra de Dios.

—Me das mucha envidia, amigo.

—Todavía eres joven, seguro que nuestro Dios tiene una buena mujer destinada para ti. Me decías en tu carta que ibas a Amberes para publicar el Nuevo Testamento. ¡Felicidades!

—Gracias —contestó Francisco con cara de satisfacción.

—La vida nos ha tratado bien; aquí tengo problemas con los monjes que no quieren dejar su antigua vida monacal, pero qué puedo hacer yo si quieren practicar la regla.

—Me marcho mañana.

—¿Por qué tanta prisa?

—El emperador se encuentra en Flandes y espero que la impresión se haga lo antes posible y llevarle un ejemplar.

Jan frunció el ceño y puso su mano sobre el hombro de su amigo.

—¿Estás seguro de que es una buena idea?

—No sé si lo es, pero Dios quiere que lo haga.

Jan se encogió de hombros.

—No es bueno desobedecer a Dios, aunque eso nos cueste la vida.

CAPÍTULO 18

La conversión

«Con la cara más dura que una piedra,
hemos depuesto todo pudor,
abandonado todo sentido de la vergüenza
e imitamos, igualamos, dejamos atrás
a los paganos en avaricia, ambición,
lujo, fasto, tiranía».
ERASMO DE ROTTERDAM

Groningen, finales de febrero del año de Nuestro Señor de 1542

FRANCISCO HABÍA SEGUIDO MANTENIENDO EL contacto con Albert Hardenberg a pesar de que era el único amigo que no había optado por abandonar el catolicismo. Era uno de los mejores amigos de Jan Laski y por él había ido primero a Frankfurt y más tarde a Lovaina. Su carácter era sobrio; su cuerpo delgado y severo, con una larga barba pelirroja. Era uno de los mejores predicadores que el español había escuchado jamás, pero se mantenía fiel a su orden cisterciense.

Lo habían educado los hermanos de la vida común, su familia lo había abandonado siendo niño; su aspecto monacal apenas había cambiado.

Albert pidió a su superior que le dejara una celda a su amigo y Francisco compartió la comida con los monjes y asistió a los oficios religiosos. Tras el culto ambos salieron a caminar por el claustro.

—¿Por qué seguís en el monasterio? Sois uno de los mejores predicadores de Europa.

—Exageráis —dijo el monje mientras se sentaban en un banco de piedra.

—No lo hago, os he oído hablar, además vuestra predicación siempre se centra en Cristo, nunca en la intermediación de los santos. Sabéis lo que sucede en Roma y cuán alejada está de la verdadera religión.

—Sin duda.

—Entonces, no lo entiendo.

—Siempre he sido un ingenuo, estaba preocupado por el alma de mis hermanos y, sobre todo, tenía la ambición de ser abad. No sé vivir fuera de estos muros —dijo el hombre mientras comenzaba a llorar.

—Dios os necesita más allá de estos muros, hay muchas almas perdiéndose allí fuera. Aquí tienen las Sagradas Escrituras que pueden leer si lo desean.

—No las entienden.

—No quieren entenderlas. La palabra de Dios es muy clara. Aprendí algo hace tiempo, aunque me duela decirlo, pero Jesús mismo lo expresó de forma clara en el Evangelio según San Mateo cuando dijo:

Y si la casa fuere digna, vuestra paz vendrá sobre ella; mas si no fuere digna, vuestra paz se volverá á vosotros.

Y cualquiera que no os recibiere, ni oyere vuestras palabras, salid de aquella casa ó ciudad, y sacudid el polvo de vuestros pies.

De cierto os digo, que el castigo será más tolerable á la tierra de los de Sodoma y de los de Gomorra en el día del juicio, que á aquella ciudad.[1]

El monje se echó a llorar y su amigo intentó consolarlo.

—Tenéis razón, todo esto son excusas, pero ya no puedo poner más. Sé en quién he creído y lo que demanda de mí. No podemos esconder los dones de Dios, nuestro deber es darnos a los demás y entregarnos en sacrificio vivo a Dios.

Los dos hombres comenzaron a orar y cuando regresaron al interior, el abad preguntó a Albert qué le sucedía.

—Estaba ciego, pero ahora puedo ver. Mañana mismo marcharé para Lovaina, mi tiempo aquí se ha terminado.

El abad se quedó boquiabierto, pero al final reaccionó.

—¿Qué le habéis hecho? ¿Qué embrujo es este?

—No es ningún embrujo, es el poder de la Palabra de Dios frente a la mentira de la religión. Deberíais ser ya doctor de la ley, como Jesús le dijo a Nicodemo, pero no entendéis que es necesario al hombre nacer de nuevo.

—Ya lo hice en el bautismo.

—No erais consciente de lo que Dios demandaba de vos, pedid perdón por vuestros pecados y Él hará el resto.

El abad se cruzó de brazos y después se marchó furioso, porfiando en contra del español y de su antiguo hermano.

---

1 Mateo 10:13-15.

CAPÍTULO 19

Malos amigos

«Los vicios de los demás ni se advierten ni se divulgan tan vastamente, pero él está en posición tal, que si en algo se aparta de la honestidad, ello se extiende a muchedumbre de personas como funesta peste. Los reyes están, además, tan expuestos por su sino a encontrar al paso mil cosas que les suelen desviar de la rectitud, como son placeres, independencia, adulación y lujo, que han de agravar la vigilancia y redoblar el esfuerzo para mantenerse al margen de ellos y no dejar, engañados, de cumplir con el deber».
ERASMO DE ROTTERDAM

Lovaina, 20 de marzo del año de Nuestro Señor de 1543

LOVAINA NO PARECÍA LA MISMA. Sus edificios suntuosos y limpios seguían inmutables al paso del tiempo, pero la mirada de la gente parecía ensombrecida, como si les hubieran robado el alma. Aún se veía a los estudiantes caminando por las calles. Resultaban tan ruidosos como los de antes pero, en el fondo, parecían estar siempre en guardia, como si hubieran olvidado su capacidad para vivir y andar descuidados por el mundo. Francisco no tardaría en descubrir la causa.

99

Se dirigió a su antiguo colegio y allí varios de sus viejos compañeros, algunos ya se habían convertido en ayudantes de algún viejo profesor, le informaron que el gobernador general Pierre de Fief, el día anterior, había detenido a veintiocho personas.

—¿Dónde has estado todo este tiempo? —le preguntó un viejo compañero llamado Antoine.

En cuanto Francisco pronunció la palabra Alemania, el hombre casi se echó a temblar, pero cuando dijo Wittenberg sus ojos se abrieron como si lo hubiera golpeado en el estómago.

—¿Estáis loco? Si el gobernador se entera seréis el próximo en ir a prisión. ¿Dónde os alojáis?

—Pensaba pedir una habitación en el colegio, me iré en unos días.

—¿Dónde está vuestro equipaje?

—En el colegio —respondió Francisco mientras comenzaba a alarmarse.

—¡Id a por él de inmediato!

El español se apresuró a seguir el consejo de su antiguo compañero, pero cuando llegó al colegio se cruzó con otro que ahora era profesor.

—Francisco de Enzinas, el gran hereje. ¿Qué hacéis en Lovaina? ¿Habéis venido a alborotar?

El burgalés le sostuvo la mirada.

—He venido a ver a viejos amigos.

—Aquí no tenéis amigos, vuestros amigos herejes huyeron como ratas.

Francisco sabía que tenía razón, se dirigió a por su equipaje y salió del colegio lo más rápido que pudo. Su compañero Antoine lo esperaba fuera con un carruaje.

—¡Apresuraos!

—Podría quedarme esta noche en la casa de mis parientes.

—Ni se os ocurra. Ya os ha visto todo el mundo, solo es cuestión de tiempo que os manden buscar.

Francisco experimentó por primera vez aquella sensación de miedo que le hizo irse de Lovaina unos años antes. Durante su estancia en Alemania había olvidado lo peligrosa que era la vida en los Países Bajos.

—¿Dónde puedo ir?

—Os llevaré a Bruselas. La ciudad es más populosa y no os conoce nadie, podréis pasar más desapercibido.

El carruaje salió de la ciudad y se dirigió a toda prisa hacia Bruselas, que apenas distaba unas dos horas de Lovaina si el cochero forzaba a los caballos.

CAPÍTULO 20

Bruselas

«Agora comúnmente llaman traidor al que,
defendiendo la libertad de la república,
resiste a los apetitos de los príncipes, y a los
que aconsejan al príncipe que sea tirano».
ERASMO DE ROTTERDAM

Bruselas, 22 de marzo del año de Nuestro Señor de 1543

EN CUANTO LLEGÓ A LA ciudad se dio cuenta de que no era buena idea instalarse allí. La persecución había prendido en todo el reino, familias enteras escapaban aterrorizadas de la ciudad, para no caer en manos de los enviados reales. Francisco acudió a la casa de un viejo conocido. Este al principio lo recibió con algo de recelo, ya nadie se fiaba de nadie, pero al final lo resguardó en su hogar.

Su amigo le informó de todo lo que había pasado en Bruselas y en otras ciudades cercanas. El ejército, las autoridades locales y la Iglesia estaban arrasando cualquier conato de reforma. Aquella epidemia de intolerancia se había extendido por casi todas las ciudades de Brabante y Flandes. Por eso Francisco, más expuesto en la ciudad al tener pocos amigos, decidió de inmediato regresar a Lovaina.

La primera reacción de su familia unos días antes había sido muy fría, pero para su sorpresa, las aguas se habían calmado un poco y pudo alojarse en la casa de unos primos.

Desde el primer momento aconsejaron a Francisco que no saliera de casa, pero era demasiado tozudo, y sobre todo audaz, para quedarse a resguardo. Necesitaba ver todo lo que estaba sucediendo, aquella persecución brutal no podía quedar impune. Pensaba narrar todos aquellos hechos y dirigir sus cartas a los más importantes reformadores de Europa, para que todo el mundo supiera lo que sucedía en el corazón mismo de la cristiandad.

Al principio temió Francisco que sus familiares lo hubieran recibido tan amablemente con alguna doble intención, como la de enviarlo cautivo a España para alejarlo de las cosas de la religión, pero no era así. Su tío había pedido desde Amberes que le ayudaran en todo, porque por encima de las diferencias de opinión estaba la sangre que los unía.

CAPÍTULO 21

Pablo

«Los zorros usan muchos trucos.
Los erizos, solo uno.
Pero es el mejor de todos».
ERASMO DE ROTTERDAM

Lovaina, 24 de marzo del año
de Nuestro Señor de 1543

FRANCISCO SE AVENTURÓ POR LAS calles de Lovaina con más temor que voluntad, pero estaba dispuesto a escucharlo todo, para informar al mundo de aquellas atrocidades. Algunos amigos suyos le contaron que varios teólogos católicos se pasaban el día entero en las cárceles atestadas de pobres diablos, muchos de ellos mujeres, para intentar convencerlos de sus errores. A dos de ellos los conocía muy bien, eran Latomus y el decano de la facultad de Teología. Ambos se habían caracterizado siempre por su fanatismo e ignorancia, pero como habían fracasado en sus pretensiones académicas, ahora pretendían ganarse el favor del emperador y medrar en la iglesia de Roma.

Francisco logró ponerse cerca de una de las tapias de la cárcel para intentar escuchar los interrogatorios de los teólogos, que en muchos casos se convertían en torturas.

—¡Maldita mujer! ¿No has escuchado lo que te he dicho? Yerras al leer las Sagradas Escrituras, fuera de la iglesia no hay salvación, ya que esta dispensa todos los ritos que nos acercan a Dios. Desde el bautismo, pasando por la extremaunción y el perdón de nuestros pecados.

—Solo Cristo salva —se le escuchaba contestar a la mujer.

—Cristo dejó en manos del apóstol Pedro, primer papa de la iglesia, las llaves del cielo y lo convirtió en Su vicario en la tierra, por eso los papas pueden incluir nuevos dogmas de fe. Lo que ellos dicen va a misa, no lo que digan los malditos herejes luteranos.

—Pero lo que decís está en contradicción con lo que pone la Biblia.

—¿Vos sois acaso teóloga? Dios ha puesto un orden para la iglesia, pero la gente como vos se cree mejor que sus doctores y maestros.

—En el Evangelio de Mateo, en el capítulo cuatro el mismo Jesús nos dice que únicamente debemos pedirle las cosas a Él, ya no necesitamos intermediarios como en la antigua ley, todos somos reyes y sacerdotes —-contestó la mujer, que por el tono de voz debía de ser muy joven.

—¿Estáis loca? Claro que hay que orar a Dios directamente, pero si el emperador llegase a la ciudad, si quisierais presentarle vuestro caso, ¿al menos no buscaríais intermediarios para que os recibiese en audiencia?

Se hizo un largo silencio.

—Pero si viera al emperador encaramado en una ventana, ¿no le gritaría yo misma lo que necesito de él? Jesús es esa ventana abierta a Dios. Además, nada tiene que ver Dios con los hombres.

Él nos acepta a todos por igual, para Él no hay nobles ni villanos, no hace acepción de personas.

—Eres una hereje y una bruja. ¡Confiesa que lo eres!

—Confieso que he ofendido a Dios muchas veces, que la mayoría de las ocasiones no estoy a la altura de las circunstancias, que soy una ignorante y una mala hija, pero también que la muerte de Cristo en la cruz me salvó y que Su sangre es sola y suficiente para acercarme a Dios y que Su Palabra es la que ilumina mi camino.

—¡Blasfemas! —gritó uno de los teólogos.

Al ver que no lograban convencer a las mujeres, los teólogos comenzaron a torturar a Pablo, el pobre párroco que había predicado la verdadera fe de Jesucristo a aquel grupo. Este era un hombre de casi setenta años de edad, de pelo canoso y aspecto débil. Por eso lo llevaron a la plaza principal y lo subieron a una alta tarima que habían construido. El pobre hombre fue el primero en sufrir las iras de los perseguidores del pueblo de Dios. Habían entrado en su casa y habían destrozado todo lo que encontraron a su paso, después de arrasar con los himnarios y todos los libritos devocionales que el párroco guardaba para sus fieles.

Francisco se acercó hasta el monasterio de los agustinos, donde se había levantado la plataforma. La multitud se agolpaba para ver aquel nefando crimen, sin importarles la inocencia del reo. Aunque el español sabía que los inquisidores no la tenían todas consigo, ya que temiendo una revuelta habían rodeado la plataforma con hombres armados. Para vergüenza de la universidad, lo custodiaban, junto a los soldados, los dos rectores de la universidad, Jacobus Latomus y Ruardo Ancusiano. Este último prior de los jacobinos e inquisidor, tras de ellos los teólogos más reputados de Lovaina.

Francisco se preguntó: ¿cómo estos que deberían ser los primeros en seguir a Cristo persiguen a los que lo aman? Le recordó a los hipócritas fariseos y saduceos que condenaron a Cristo. Los doctores en la ley que no podían rebatir los argumentos de Jesús y por medio de falsos testimonios y argucias terminaron por llevarlo a la cruz. Lo único que consolaba al español era que no había nada que se le escapase a Dios, y que si Él permitía todo aquello, algún plan tendría o, al menos, de alguna forma lo enderezaría.

Los teólogos y doctores se sentaron en círculo y colocaron al pobre de Pablo en el centro. El pobre reo los miró como un cordero a punto de ser degollado.

—Vos sois un gran hereje que lucha contra la madre Iglesia. Buscáis seguir a Satanás con sus mentiras antes que a los doctores en la ley. ¿Cómo os declaráis? —preguntó el inquisidor.

El hombre levantó el rostro, su barba cana debería haber conmovido al más vil canalla, ya que se veía que aquel era un hombre honrado y buen cristiano.

—Únicamente sirvo a Cristo y si eso es un delito, soy culpable. Lo único que he intentado es mostrar la fe a mis semejantes y pastorear a mis ovejas. Ellos pueden confesar si he sido vil o justo, fiel a Dios o impío. No sé cuál es la ley que me juzga, pero sin duda no es la de Dios.

Los doctores comenzaron a murmurar entre ellos indignados; el resto del público estaba admirado de la gran fe que mostraba Pablo. Les recordaba a aquel que había batallado por la fe y se había convertido en el apóstol de los gentiles. Entonces, el inquisidor leyó la sentencia en alto y después se hizo un largo silencio. No había piedad para los inocentes, eran malos tiempos para la fe y la razón.

CAPÍTULO 22

Hombres justos

*«Una buena parte de la prudencia
consiste en conocer los necios apetitos y
las absurdas opiniones del vulgo».*
ERASMO DE ROTTERDAM

AQUELLOS QUE SE HABÍAN CONVERTIDO en jueces, además de ignorantes y serviles, eran personas de una honorabilidad dudosa. Los fanáticos rara vez suelen pertenecer a los mejores, ya que para creer ciegamente en una idea hay que cerrar los ojos a todas las demás. Al menos eso creía Francisco, que había recibido clases de la mayoría de los doctores que aún se encontraban sobre la tarima, a punto de ajusticiar a aquel inocente.

El mayor de todos los ignorantes malvados que presidía aquella iglesia del diablo era Jacobus Latomus, escritor de varios libros, a cada cual más mediocre y plagado de errores. Hasta el emperador, que una vez lo había escuchado predicar, se quedó tan asombrado de su torpeza que, cuando uno de sus consejeros le señaló que aquel era uno de los mejores teólogos de Lovaina, el emperador pensó en cómo sería el peor.

Ruardo, el decano, era otro de los jueces de aquel inocente, un hombre torpe en palabra, cruel, desleal e ignorante, que había llegado a su puesto con malas artes y utilizando el soborno.

Francisco los conocía a todos, los despreciaba y no entendía por qué el mundo estaba regido por gente como aquella.

El verdugo se acercó hasta Pablo, un sacerdote intentó que se confesara, pero el reo lo rechazó con amabilidad.

—Ya me he confesado con mi maestro Jesucristo —contestó con una entereza que sorprendió a sus acusadores.

El verdugo colocó la cabeza de Pablo y levantó el hacha para cortársela de un tajo. Esta rodó hasta una cesta y la multitud comenzó a gritar enfervorecida.

CAPÍTULO 23

Hogueras

«Nosotros los revestimos con títulos espléndidos,
aunque sean criminalísimos: a este lo
llamamos católico, a aquel ilustrísimo,
a uno ilustrísimo, a otro augusto,
a todos los denominamos dilectos hijos».
ERASMO DE ROTTERDAM

Lovaina, julio del año de Nuestro Señor de 1543

DURANTE MÁS DE QUINCE DÍAS las matanzas y asesinatos se sucedieron por casi todas las ciudades de los Países Bajos. Lovaina parecía una ciudad fantasma por las noches, pero por las mañanas, cuando comenzaban los procesos y las ejecuciones, todo el mundo se agolpaba para observar las muertes. Francisco solo se explicaba aquel fenómeno con el absurdo y ancestral pensamiento humano de que, mientras se asesinara a otros, uno se encontraba seguro y libre de terminar de la misma forma.

Llevaba varios meses en la ciudad paralizado por el temor. La prudencia le decía que no podía llevar el manuscrito a Amberes hasta que toda aquella locura se hubiera calmado. Además, cada vez dudaba más de la idea de presentarse ante el emperador, aunque se preguntaba si su conversión pararía aquellas matanzas.

Unos meses después de la ejecución de Pablo de Roovere se preparó una nueva plataforma y, delante, una gran pila de leña. Parecía que los inquisidores querían infundir aún más terror con aquella macabra forma de ajusticiar.

Los condenados eran Jean Vicard y Jean Bayaerts; los llevaron hasta la pira y los ataron a un poste. El procurador general leyó la sentencia; en aquel caso nadie se molestó en acusarlos de nada. Acercó la antorcha a la leña y el sayón estuvo a punto de caerse hacia los ajusticiados, lo que hizo que la multitud soltase una carcajada. Francisco no soportaba aquella frivolidad, pero era consciente de lo poco que significaba la vida humana para aquellos fanáticos, como si Dios no hubiera creado al ser humano a Su imagen y con una dignidad por encima del resto de los animales.

Tras quemar vivos a aquellos pobres cristianos, el enviado del emperador, que parecía cada vez más ufano, mandó que enterrasen vivas a las mujeres que no habían adjurado. Para ello cavaron una profunda fosa y las metieron allí ante la vista de todos. Incluso una madre fue enterrada ante la atenta mirada de su hija pequeña.

Todos aquellos desmanes hicieron recapacitar a Francisco de cuánto necesitaba Europa rendirse ante el único Dios verdadero.

CAPÍTULO 24

Proyecto

«Ojalá que el agricultor al arar cante algunos pasajes, que el tejedor repita algunos al usar la lanzadera, que con estos relatos alivie el viajero la fatiga del camino y que sobre tales cosas versen las conversaciones todas de todos los cristianos».
ERASMO DE ROTTERDAM

Amberes, 5 de septiembre del año de Nuestro Señor de 1543

AMBERES LE PARECIÓ LA CIUDAD más pacífica del mundo. Allí no habían llegado los excesos de otras provincias de los Países Bajos. Además podía ver a su amado tío que, a pesar de oponerse a su nueva religión, tanto lo había apoyado. Francisco sabía que su empresa era muy difícil, pero al menos aquellos meses de espera le habían servido para repasar la traducción y ahora debía enfrentarse a la prueba más difícil: su publicación y la aprobación del emperador.

En cuanto llegó a la ciudad se puso en contacto con varios amigos a los que les pidió que orasen por el proyecto y le ayudasen a llevarlo a cabo.

Algunos amigos le recomendaron los dos mejores impresores de la ciudad, Joannes Steelsius, más conocido como Stelsio, y

Martin Nuyts al que todos llamaban Nucio. Pero el burgalés temía que estos lo denunciaran ante las autoridades, ya que la publicación de las Sagradas Escrituras en idiomas vulgares estaba penada con la cárcel. Por lo que decidió acudir de nuevo al impresor con el que había trabajado en su primer libro, Mathias Crom.

Francisco se dirigió con su manuscrito hasta la imprenta, su hermano Diego le había advertido con respecto a Crom de que era un buen impresor, pero que intentaría engañarlo, ya que no tenía demasiados escrúpulos.

El joven entró en la imprenta y observó el mostrador vacío, golpeó la madera y apareció un joven que lo miró con el ceño fruncido.

—¿Es esta la imprenta de Crom?

—Sí, ¿a qué viene tanta prisa?

—Tengo un trabajo que encargarle —contestó Francisco sonriente; llevaba tanto tiempo esperando aquel momento que ya nada podía ponerlo de mal humor.

—Un momento —dijo el muchacho mientras se iba a la trastienda.

Al poco un hombre alto salió de detrás de una cortina y se acercó al mostrador y observó detenidamente al joven.

—Yo os conozco —dijo Crom.

—Nunca he estado aquí.

—¿Cómo es vuestro nombre?

—Francisco de Enzinas.

Crom se mesó la barba y después dijo:

—¿Enzinas? Yo publiqué un libro suyo.

—Es cierto, pero fue mi hermano Diego el que vino a negociar con vos.

El impresor le mostró su mejor sonrisa y le invitó a que pasara a la trastienda.

—Vos me diréis, ¿qué os trae de nuevo a Amberes?

—Un nuevo libro, pero este es mucho más importante que el anterior.

—Me tenéis intrigado —dijo el impresor mostrando su sonrisa con unos dientes amarillentos y mellados.

—Las Sagradas Escrituras en castellano, para ser más concreto el Nuevo Testamento de Nuestro Señor Jesucristo. Creo que la impresión de las Sagradas Escrituras está prohibida.

Crom dejó de sonreír y frunció el ceño hasta casi unir sus dos cejas.

—No hace falta ningún permiso para imprimir las Sagradas Escrituras.

Francisco apenas podía creerlo.

—¿Estáis seguro?

—Como que el día es día y la noche es noche.

El joven burgalés parecía eufórico.

—Pues no se hable más, yo me haré cargo de los costes, preparad las prensas y espero que Dios lleve a buen término este proyecto.

Francisco dejó la imprenta después de entregar el manuscrito. Mientras se dirigía hacia la casa de su tío tenía la sensación de que iba flotando. Efectivamente Carlos V no había prohibido en los Países Bajos la impresión parcial o total de las Sagradas Escrituras. Lo único que estaba terminantemente prohibido era ediciones comentadas o con notas.

CAPÍTULO 25

Locura

*«Si no puedes hacer gala de un ánimo
de príncipe, muestra al menos
el de un comerciante».*
Erasmo de Rotterdam

Bruselas, 16 de septiembre del año de Nuestro Señor de 1543

TODOS INTENTARON DISUADIRLO, SI YA les parecía una locura que publicase el Nuevo Testamento en castellano, que, aunque no era un acto ilegal, era claramente un desacato a la autoridad del emperador, presentárselo en persona para que diese su aprobación era una verdadera y temeraria locura.

Francisco intentó preparar un encuentro previo con el emperador gracias a sus buenos contactos en la corte, pero Carlos V no llegó a Bruselas debido a un fuerte ataque de gota, que lo retuvo más de una semana en Diest.

Francisco regresó a Amberes para ver cómo marchaban los trabajos de impresión y le sorprendió lo avanzados que estaban.

—¿Queréis que en la portada conste esto de *El Nuevo Testamento de Nuestro Redentor y solo Salvador…?* —preguntó el impresor.

—Sí, claro.

—Lo comento porque a muchos les puede sonar a doctrina luterana.

Crom se quedó sujetando la hoja con la mano y la dejó después sobre la mesa. Francisco tomó un poco de tinta roja y tachó la palabra.

—Haced pues unos pocos ejemplares sin esa palabra; el resto sí la llevará.

—No hay problema si es eso lo que deseáis, pero como impresor pondré a mi cuñado Steve Mierdsmans, para que los inquisidores no encuentren la segunda edición.

—Me parece muy bien —respondió Enzinas y se fue a la casa de su tío.

Diego Ortega estaba en su oficina cuando su sobrino llamó a la puerta.

—Buenos días, tío.

—Pasad, no os quedéis en la puerta. Este calor me está matando, aunque no lo creáis, prefiero el frío, con el calor todo el cuerpo se me inflama y me duelen todas las articulaciones.

—Lo lamento.

—Son los achaques de la edad. Llegar a la ancianidad es un galardón en un mundo como este, aunque tengamos que pagar un alto precio por cada cana.

—Me pregunto cómo estará mi familia —comentó Francisco con cierta nostalgia. Sabía que el único mandamiento con promesa era honrar a tu padre y a tu madre. Su madre ya había fallecido, pero durante todo aquel tiempo no había honrado a su padre. Aunque sabía que había que servir a Dios antes que a los hombres y que Jesús había dicho que por causa del reino de Dios se enfrentaría el hijo al padre y el esposo a la esposa.

—¿Qué pensáis? Noto vuestro rostro sombrío. ¿Os estáis arrepintiendo de esta locura?

Francisco dio un gran suspiro y miró por la ventana.

—No es fácil seguir a Cristo. Os lo aseguro.

—Pero ¿no podéis hacerlo dentro de la santa madre Iglesia?

Francisco comenzó a llorar, sentía una enorme presión por todos aquellos años de fatigas y preocupaciones. Era difícil seguir a su maestro, sabía que Dios lo daba todo, pero pedía todo a cambio.

—No lloréis —dijo su tío poniéndose en pie y abrazándolo.

—Lo siento —respondió casi sin aliento.

—No os preocupéis, es mejor que saquéis todo fuera. He visto vuestro cambio, cuando os conocí érais un buen chico, como vuestro hermano Diego, pero ahora sois diferente. Es como si las cosas de este mundo hubieran perdido poder sobre vos. No puedo negar que os admiro.

—¿De veras? —le preguntó sorprendido.

—Sí, siempre ando afanado con los problemas de nuestras compañías, por la llegada de los barcos, por las aduanas en los puertos, el pago de los deudores...

—Vuestro trabajo es muy importante, tío.

—No me estoy quejando, pero sé que mi alma está afectada, me gustaría que oraseis por mí.

Francisco miró a su tío sorprendido. Entonces puso sus manos sobre él y comenzó a orar:

—Dios mío, tú sabes cómo te amo, sabes cuánto he orado por mi familia, para que abra sus ojos espirituales, pero sé que me ha faltado fe, por eso ahora con lágrimas en los ojos, te pido por mi tío

Diego. Dios mío, que la sangre de Cristo pueda lavar los pecados de mi amado tío. Que él se vuelva a ti y te acepte en su corazón.

De repente, Diego Ortega comenzó a llorar. Los dos hombres se abrazaron: ahora los unía algo aún más profundo que las lágrimas.

CAPÍTULO 26

Buscando al emperador

*«También decía que a Dios ninguna cosa
le habemos de pedir señaladamente, salvo que
debemos pedirle simplemente el bien. Y por
esto yerran los que demandan a Dios mujer
rica, hacienda, honra, reinos, vida luenga y así
otras cosas. Parece que éstos señalan a Dios y le
quieren mostrar lo que debe hacer, a Él, que sabe
mejor lo que nos cumple que nosotros mismos».*
ERASMO DE ROTTERDAM

Amberes, octubre del año de Nuestro Señor de 1543

MIENTRAS CONSEGUÍA LA AUDIENCIA CON el emperador, Francisco se empeñó en recibir la aprobación de algunos
teólogos sobre su traducción del Nuevo Testamento. El burgalés
tenía a aquellos hombres entre los más doctos de todos los Países
Bajos y esperaba su respuesta con inquietud. A las pocas semanas le llegaron, casi de forma simultánea, todas las respuestas.
Los teólogos le respondieron de forma similar: argumentaban que
todas las herejías que habían nacido en el reino en los últimos
años procedían de la lectura de las Sagradas Escrituras, y que,

por eso, era mejor que el vulgo no las leyese en su lengua. Si el Nuevo Testamento se traducía al español, eso llevaría al caos y a la guerra como había sucedido en el resto de Europa. Las respuestas no le sorprendieron del todo. Durante su etapa de estudiante en Lovaina, muchos teólogos y filólogos le habían comentado lo mismo. Sabía que al poder no le interesaba que la gente corriente conociese la Palabra de Dios.

Los problemas no terminaron con el rechazo de los teólogos, muchos españoles que visitaban la casa de su tío también se oponían a su proyecto o ponían numerosas objeciones. Todo aquello desanimaba al burgalés, que en aquellos momentos intentaba escribir la carta dedicada a Carlos V en su Nuevo Testamento y que decía así:

Al invictísimo monarca

don Carlos V, emperador

Siempre augusto, rey de España, etc.

Francisco de Enzinas, Gracia, salud y paz.

Muchos y muy varios pareceres ha habido en este tiempo, Sacra Majestad, si sería bien que la sacra Escritura se volviese en lenguas vulgares. Y aunque han sido contrarios todos los que en ello han hablado, han tenido buen celo y cristiano, y razones harto probables. Yo (aunque no condeno los pareceres en contrario) he seguido la opinión de aquellos que piensan ser bueno y provechoso a la república cristiana que por hombres y mujeres doctos y de maduro juicio, y el más lenguas bien ejercitados se hagan semejantes versiones: así para

instrucción de los rudos, como para consolación de los
avisados, que huelgan en su lengua natural oír hablar a
Jesucristo, y a Sus apóstoles aquellos misterios sagrados
de nuestra redención, de los cuales cuelga la salud, bien,
y consolación de nuestras ánimas. Pero, así por satisfacer
a los que son de contrario parecer como porque ninguno
parezca esto cosa o nueva o mal hecha, quiero aquí, en
pocas palabras, dar a V.M. razón de este trabajo, pues
a ello estoy muy obligado, así por ser en lo temporal el
mayor de los ministros de Dios y monarca de la Cristiandad, como por ser señor y rey mío, a quien yo como vasallo estoy obligado a dar cuenta de mi ocio y negocio. Y
también, por decir verdad, por ser V.M. en las cosas que
tocan a la religión cristiana, pastor tan diligente y celoso
de la honra de Jesucristo y del provecho espiritual de su
república… Es así como allende de todos los que griegos
y de todas las otras gentes del mundo que conocen la
redención de Jesucristo, los cuales en su lengua leen
la Sagrada Escritura, no hay ninguna nación, en cuanto
yo sepa, a la cual no sea permitido leer en su lengua
los libros sagrados, sino a sola la española. En Italia hay
muchas versiones, y muy variadas; y las más han salido
de Nápoles, patrimonio de V.M. En Francia hay tantas
que no se pueden contar. En Flandes y toda la tierra que
V.M. tiene de esta parte del reino, muy muchas he visto
yo, y cada día salen nuevas, y en las más insignes ciudades de ella. En Alemania, así en la tierra de los católicos
como de los protestantes, hay más que agua. Lo mismo
nos cuentan de todos los reinos del gloriosísimo rey don

Fernando, hermano de V.M. En Inglaterra y Escocia e
Hibernia lo mismo hay. Sola queda España, rincón y
remate de Europa. A la cual no sé yo por qué esto le es
negado, que es a todas las otras naciones concedido. Y
pues en todo presumen ser los primeros, y con razón,
no sé por qué en esto, que es lo principal, no son ni aún
los postreros. Pues no les falta ingenio, ni juicio, ni doctrina, y la lengua es la mejor (a mi juicio) de las vulgares,
o, al menos, no hay otra mejor... Lo cual acontece en
este negocio. Porque allende de las regiones de Europa,
las cuales según dicho tengo están en este parecer, si
miramos las historias antiguas, hallaremos todos ser de
esta opinión...

Francisco quedó satisfecho tras terminar la breve introducción,
la llevó a la imprenta y esperó impacientemente. Ahora lo único
que restaba era presentarla ante el emperador, pero para eso, antes
debía contactar a aquellos que le permitieran buscar una audiencia
con el emperador.

Sabía que su mejor baza era ir a Bruselas y pedir al obispo
de Jaén, Francisco de Mendoza, que le ayudase ya que era buen
amigo de su familia.

El joven burgalés tomó varios ejemplares de su Nuevo Testamento y se dirigió hasta Bruselas. Sabía que el emperador pasaría
unos días en la ciudad, para después regresar a sus territorios
españoles e italianos. Por ello era tan importante que lo viera de
inmediato, para no retrasar por más tiempo la venta de su libro.
Cuanto antes llegase a sus compatriotas, más pronto se acercarían
estos a la verdadera fe.

Mientras cabalgaba hacia la ciudad no podía ni imaginar cómo su vida iba a cambiar para siempre y los desvelos que su ingenio y valor le producirían. Por eso el sabio Dios nunca muestra a los hombres cuáles van a ser las consecuencias de sus actos, sean estos buenos o sean malos.

CAPÍTULO 27

Intento de secuestro

*«Mi primer afán fue conocer perfectamente
el ingenio, costumbres, afectos, riquezas e
inclinaciones de todas las gentes y sobre todo
de los príncipes: quién convenía con quién,
quién tenía diferencias con quién.
A continuación, procuré servirme de
todas esas cosas en mi propio interés».*
ERASMO DE ROTTERDAM

**Amberes, 13 de noviembre del año
de Nuestro Señor de 1543**

NADIE SUPO JAMÁS QUIÉN HABÍA denunciado la edición del Nuevo Testamento de Enzinas, pero la inquisición estaba sobre aviso y los mil quinientos ejemplares editados en peligro. Lo cierto era que el mismo emperador escribió a Luis de Schore, presidente del Consejo Privado acerca de aquel asunto.

Ha llegado a nuestros oídos que se está imprimiendo ahora en Amberes el Nuevo Testamento en castellano y el impresor es un tal Mathias Crom, según se dice. Éste ya ha hecho antes otros libros prohibidos y es el autor del citado Nuevo Testamento, igualmente sospechoso.[1]

Un día después de que esta carta llegase a Bruselas, la regente María de Hungría escribió a Guillaume de Werve, margrave de Amberes, y este le respondió, poco más tarde, que había ordenado al impresor que recuperase los ejemplares vendidos y le entregase toda la impresión para ser destruida.

Aquella alarmante situación hizo que Francisco volviera sobre sus pasos. Afortunadamente, previendo que esto pudiera suceder, Crom había puesto una primera impresión a nombre de su cuñado, de unos pocos ejemplares y la más grande a su nombre.

Francisco llegó a la imprenta poco antes de que los guardias se llevaran sus ejemplares para ser destruidos. Puso a salvo algunos ejemplares y ahora tenía que decidir qué hacer con ellos.

Unos amigos lo ayudaron a cargarlos en un carruaje y taparlos con una lona. En cuanto el carro se puso en marcha, los soldados llegaron a la imprenta. El joven español miró aliviado a su espalda.

Su amigo Philip, un joven que le había servido de criado durante sus meses en la ciudad, le preguntó a dónde quería llevar los libros, y no se le ocurrió un lugar mejor que a la casa de su tío.

Uno minutos más tarde se encontraban delante de las puertas que conducían a las caballerizas y Enzinas pidió a su amigo que esperase sus órdenes.

Subió las escaleras de dos en dos. No sabía si su tío aceptaría guardar bajo su techo aquella peligrosa mercancía. Entró sin

---

1 Neson, J. L. 1999. Francisco de Enzinas, Universidad de Manchester, pág. 111.

llamar en el despacho y en cuanto este lo vio supo que algo malo había sucedido.

—¿Os encontráis bien?

—No, al parecer los ojos del emperador se encuentran en todas partes. Han mandado a unos hombres a secuestrar todos los ejemplares del Nuevo Testamento.

—¿Qué me decís? ¿Qué habéis hecho?

—Logré llevarme unos pocos y los tengo en un carruaje abajo.

Los ojos de su tío se abrieron como platos, no sabía qué contestar.

—¿Por qué los habéis traído aquí? Será el primer sitio en el que busquen.

—Fue lo primero que pensé, aunque entiendo que no es una buena idea.

Diego Ortega se tocó el mentón mientras pensaba en cómo solucionar todo aquel asunto.

—Tengo un almacén secreto en el puerto, lo uso para llevar mercancías clandestinas, un criado mío os indicará el camino.

Francisco bajó presuroso las escaleras, mientras un hombre de confianza de su tío se subía al pescante del carruaje y se hacía con las riendas. Pegó un salto y se acomodó en el carruaje, el criado azuzó los caballos, que salieron del edificio en dirección al puerto.

Cuando el español regresó a la casa, los inquisidores habían estado registrando todas las plantas y los almacenes de la familia. Los libros se habían salvado de una manera milagrosa una vez más.

CAPÍTULO 28

Francisco Mendoza

«Vale más tener envidiosos que inspirar piedad».
Erasmo de Rotterdam

Bruselas, 23 de noviembre del año de Nuestro Señor de 1543

NO IMPORTÓ LAS VECES QUE su tío le pidió que desistiera de su peligroso viaje, tampoco que otros amigos y familiares le rogasen. Tomó a su criado Philip y ambos se dirigieron a Bruselas. Una ciudad no distaba mucho de otra y antes del mediodía llegaron y buscaron un alojamiento. Era domingo y, al estar la corte en la ciudad, las camas escaseaban. Al final consiguieron una habitación en una humilde morada, dejaron el equipaje y los libros para dirigirse a la misa. Llegaron cuando ya había empezado y los soldados del emperador les impidieron el paso hasta que Francisco anunció que era un buen amigo del obispo Mendoza. Los llevaron junto al obispo de Jaén y este los miró sorprendido y les susurró:

—¿Qué hacéis vosotros aquí?

—Ya os lo comenté por carta, reverendísimo señor, necesito ver al emperador.

—Terminamos de llegar de un largo viaje, hoy es domingo y no concede audiencia.

Un noble sentado delante se giró y chistó para que se callasen; el obispo le sonrió, pero en cuanto se dio la vuelta, se giró furioso hacia el burgalés.

—Las prisas no son buenas consejeras.

—Tiene que ser hoy —insistió Enzinas.

Francisco de Mendoza hizo un gesto afirmativo y los dos siguieron el resto de la misa en silencio. Cuando se terminó el obispo miró al joven, y le dijo que no le parecía buena idea importunar al emperador porque, cuando este se encontraba cansado, solía tener muy malas pulgas.

—Vendréis con nosotros hasta el palacio, puede que tras la comida quiera atenderos, pero no os aseguro nada.

Francisco apenas pudo disimular su entusiasmo. Los dos hombres siguieron al obispo y gracias a él pudieron acceder hasta el salón principal. Todos los nobles y criados se situaron a unos pasos del emperador mientras este se sentaba a comer. Al burgalés le pareció extraño que Carlos V comiera solo, no conocía el protocolo ni el boato de la corte. El emperador únicamente podía comer con alguien de su alcurnia.

El español observó al emperador, que aparentaba muchos más años de los que en realidad tenía. Su aspecto serio y frío lo intimidó un poco, oró para sus adentros para que Dios le concediera gracia y no se pusiera nervioso.

Tras una media hora de una copiosa y suculenta comida, el emperador dejó sobre la mesa la cuchara y el obispo se acercó hasta él, le dijo algo al oído y después señaló al burgalés. Acto seguido hizo un gesto para que se acercase y Francisco caminó con paso vacilante hacia el emperador. Llevaba un ejemplar de su Nuevo Testamento en la mano, dentro de una funda de piel, para que nadie viera el contenido. Respiró hondo y se paró frente al emperador tras hacer una reverencia. Sabía que ya no había vuelta atrás, la suerte estaba echada.

CAPÍTULO 29

Ante Carlos

«Moriré libre porque he vivido solo.
Moriré solo porque he vivido libre».
ERASMO DE ROTTERDAM

Bruselas, 23 de noviembre del año
de Nuestro Señor de 1543

FRANCISCO, A MEDIDA QUE SE acercaba a Carlos V, se decía a sí mismo: «Hablaré de tus testimonios delante de reyes y no me avergonzaré». Aunque al momento recordó a Martín Lutero y todas las veces que le había hablado del orgulloso príncipe que conoció veintiséis años antes.

Antes de que Francisco fuera atendido, un capitán se acercó e hizo algunas peticiones al emperador después de besarle la mano. Este actuó muy cortésmente y se mostró muy solícito. En cuanto se alejó, se aproximó el obispo de Jaén que, señalando a Francisco, comenzó a elogiarlo delante del emperador.

—Dejadme que os presente a uno de vuestros leales vasallos. Su padre es un hombre de ley, cuya familia ha contribuido a su excelso y vasto imperio. El joven Francisco de Enzinas es un gran lingüista, domina varias lenguas, en especial el griego, y por su talento y esfuerzo, además de su piedad y amor por la verdad, ha traducido el libro más sagrado que tenemos: el Nuevo Testamento.

Después de la breve introducción dio un paso atrás y el joven burgalés se quedó justo delante. El emperador lo observó con más curiosidad que altivez, se giró un poco y con una voz pausada le preguntó:

—¿Qué libro deseáis presentarme?

—Sacra majestad, el libro que traigo hasta vuesa excelencia —dijo mientras lo sacaba de la funda y lo agarraba con las dos manos mostrando la portada— es aquella parte de las Sagradas Escrituras que se llama Nuevo Testamento. Yo lo he traducido a nuestra hermosa lengua castellana. El libro contiene las palabras de Nuestro Señor Jesucristo reflejadas en los cuatro Evangelios, los Hechos de los Apóstoles y las epístolas. Por ello os pido que os convirtáis en tutor y defensor de este sagrado libro que tanto bien puede hacer a nuestra nación. Para ello, es necesaria vuestra autorización y que el pueblo cristiano pueda leerlo con total libertad.

Carlos miró el libro y lo tomó en sus manos antes de preguntar:

—¿Sois el autor del libro?

—No, majestad. El autor del libro es el Espíritu Santo, que inspiró a los santos apóstoles que han escrito estas letras para nuestra redención y salvación. El libro fue escrito en griego y yo he intentado con mi humilde trabajo llevarlo a nuestra lengua castellana.

—¿En castellano? —preguntó algo sorprendido.

—Sí, majestad, para provecho de los españoles, si vuestra majestad protege y defiende esta obra.

Carlos se quedó pensativo.

—Será hecho lo que pides a no ser que haya en el libro algo sospechoso —añadió frunciendo el ceño.

En aquel momento Francisco se envalentonó:

—¡No hay nada sospechoso, a no ser que la voz de Dios hablando por medio de Su hijo Jesucristo haya de ser algo sospechoso para los cristianos!

El emperador lo miró algo sorprendido, pero después dejó el tomo en la mesa y añadió:

—Se te otorgará lo que pides, con tal de que el libro sea tal como el obispo y vos decís.

Para terminar se puso en pie, tomó el libro y se retiró a una sala contigua.

Francisco miró al obispo, por un instante los dos se quedaron petrificados, pero sin duda su misión había sido un éxito. El rey se había llevado el libro y, por lo que les había dicho a los dos, nadie impediría su distribución si no contradecía las enseñanzas de la santa madre Iglesia.

3ª PARTE

Sin tierra

CAPÍTULO 30

Pedro de Soto

«Abominas el nombre del diablo, y en
oyéndole te santiguas, y eres tú mismo
aquel diablo que aborreces».
ERASMO DE ROTTERDAM

FRANCISCO DEJÓ EL PALACIO CON un sabor agridulce en los labios. Por un lado, estaba sorprendido de la ignorancia del emperador en asuntos de fe. Le parecía mentira que aquel hombre, que casi gobernaba todo el mundo, fuera tan indocto en asuntos tan básicos del cristianismo. Los mentores de los reyes se preocupaban mucho de enseñarles estrategia militar, gobierno de sus súbditos o relaciones con otros reinos, pero mantenían totalmente ignorantes a los monarcas en temas de religión. Por otro lado, se sentía esperanzado. Estaba seguro de que si el emperador leía el libro su alma sería transformada por completo y se pondría del lado de la verdadera fe.

No tuvo que esperar mucho tiempo para salir de dudas, al día siguiente su amigo el obispo le comunicó que el emperador le había pedido que llevara el libro ante su confesor, un fraile que era de la máxima confianza del rey.

El obispo recomendó al burgalés que regresara a Amberes y esperase allí nuevas noticias. Apenas un día más tarde el obispo le contestó que el confesor parecía contento con el libro y que, como el emperador iba a viajar a Amberes en los próximos días, podría reunirse con el confesor para tratar el tema de la venta del libro y el apoyo del emperador.

Se sucedieron los días y Francisco comenzaba a impacientarse; pidió consejo a sus familiares, unos le decían que era mejor esperar y que en Bruselas correría un peligro innecesario, los otros le recomendaron que fuera a ver al confesor, por si necesitaba algunas aclaraciones sobre la dedicatoria o el texto.

Francisco viajó a Bruselas a pesar de las advertencias de muchos amigos. No temía su suerte, ya que sabía que estaba haciendo lo correcto delante de Dios. En cuanto llegó a la ciudad el obispo lo recibió con gran cariño y lo alojó en su casa, pero por la noche el obispo comenzó a sentirse mal y estuvo enfermo varios días, por lo que mandó al joven burgalés con uno de sus hombres de confianza a ver al confesor.

El joven español marchó con el criado del obispo hasta el convento de los jacobinos donde se encontraba el confesor del que no sabía ni el nombre. A pesar de llegar muy temprano, el fraile ya no estaba en su celda, al parecer había ido a tratar algo con Granvella. Decidieron regresar al mediodía, pero tampoco estaba. Los frailes le dijeron que no tardaría en llegar y decidieron aguardar allí. Al rato vino un monje franciscano amigo del confesor y comenzó a hablar con ellos.

—Un gusto conoceros —dijo el monje.

Los tres hombres se sentaron a esperar en el claustro.

—¿Sabéis si tardará mucho el confesor del rey? —preguntó el mayordomo.

—No creo, tiene que venir a comer. Lamento que hayan tenido que esperar, pero Pedro de Soto es un hombre muy ocupado. A su labor de confesor tiene que añadir su ministerio de enseñanza y otras ocupaciones de relevancia.

—¿Pedro de Soto? —preguntó Francisco.

—Sí, uno de los dominicos más importantes de Europa, que ha sido catedrático de Teología en Salamanca y en otras universidades de Europa. Una eminencia, el azote de los herejes. Ya sabéis cuánto daño han causado las herejías de Lutero y sus secuaces. El padre Pedro lleva años luchando contra ellas y defendiendo la verdadera religión.

Francisco comenzó a ponerse nervioso, le dijo al oído al criado que era mejor que se marcharan, pero justo en ese momento llegó De Soto. Llevaba su hábito blanco y negro, la capucha puesta que apenas mostraba unos labios finos rodeados de arrugas. El hombre se paró justo enfrente de ellos e hizo una prolongada reverencia.

—Señor Francisco, es un honor para mí veros, os aseguro que os amo como a mi propio hermano. Sois un hombre de una erudición envidiable y preocupado por la religión, en un momento de tanta apostasía como este. Amo a todos los que aman la verdad y rechazan la apostasía. Vuestro conocimiento del griego bíblico es increíble. Vuestro libro puede ayudar a esclarecer las sagradas palabras de Nuestro Señor, por eso me siento muy contento de que haya gente en nuestra nación que ame tanto la verdad y la fe.

—Muchas gracias —respondió Francisco algo sorprendido, no se esperaba aquellos elogios.

—Nada que agradecer, sois una luz para toda Europa.

—Mi trabajo es modesto y lo único que deseo es que nuestro pueblo aumente en fe y conocimiento de la verdad.

Francisco comenzó a sentirse más cómodo, no tanto por los elogios sino por creer que su misión llegaría a buen puerto y que sus compatriotas podrían leer la Palabra de Dios en su propio idioma.

—No puedo atenderos en este momento, pero si regresáis a las cuatro de la tarde, podremos hablar más largo y tendido —dijo el fraile con una sonrisa algo pérfida que Francisco no supo interpretar.

El joven burgalés se fue a la casa de un amigo para comer algo. Le refirió todo lo que le había sucedido, pero su amigo no parecía tan convencido de las buenas intenciones del confesor.

—No os fieis de los halagadores. Puede que simplemente quiera que os confiéis para después atraparos en su red.

Francisco frunció el ceño, no le gustaba que su amigo fuera tan pesimista; si el emperador, el obispo de Jaén y el confesor real alababan su libro, ¿qué sentido tendría no fiarse de ellos?

El español regresó al convento y un fraile le informó que el confesor estaba dando, justo en ese momento, una lección sobre el libro de los Hechos de los Apóstoles. El joven burgalés lo acompañó hasta la clase, donde un poco más de veinte oyentes, entre frailes y algunos caballeros, escuchaban atentamente al confesor.

—El libro de los apóstoles fue escrito para nuestra fe, en él se narran sus hechos, sus desventuras y luchas, como las que hoy soportamos los buenos cristianos. Seamos capaces de entenderlo, animados por la doctrina de la santa madre Iglesia, que es la heredera legítima del legado apostólico frente a los herejes que se extienden por todas partes. Así fue también en aquellos tiempos, cuando los judíos intentaban confundir y los gentiles recios ante la fe perseguían a los primeros cristianos.

Francisco se quedó horrorizado ante la torpeza del confesor. Además de ser monótono, su dominio de la gramática y la oratoria era nefastos. Aquel individuo no dominaba ni el latín.

En cuanto terminó la clase el español se acercó, el fraile le recibió de nuevo con huecas palabras de admiración, y le dijo que tenía que atender otros asuntos y que regresase a las seis. Al principio Francisco se quedó algo desanimado, pero el fraile le prometió que a aquella hora lo atendería y que estaba a favor de su libro.

El joven regresó a las seis y el fraile lo recibió enseguida y lo llevó a su celda. En cuanto Francisco entró y vio las paredes y la mesita llenas de estampitas y santos, se quedó horrorizado.

—Esperadme aquí un momento, que no tardaré mucho. Dios nos llama a ser misericordiosos con todos los hombres, Él nos llama a la caridad y a todo tipo de buenas obras. Ahora tengo que hacer mis oraciones, pero no os apuréis, hoy resolveremos todo este asunto. Os dejo este libro y la Biblia, para que después podamos debatir un rato —dijo el fraile dejándolo a solas.

Francisco comenzó a leer el libro que era de un tal Alfonso de Castro, que trataba sobre las herejías que había habido a lo largo de la historia. El escritor defendía que la lectura de las Sagradas Escrituras y su nefanda interpretación eran la causa de muchos desvíos y alababa que el emperador prohibiera su lectura.

Estaba terminando el libro cuando regresó el fraile, tomó el tomo del Nuevo Testamento y comenzó a decirle:

—Estamos juntos en este lugar privado, donde únicamente los santos y los ángeles pueden oírnos para tratar sobre vuestra traducción. Este libro que para vos es santo y su difusión provechosa, para mí es peligrosa y perniciosa. Las peores herejías han salido de su lectura, además de que el emperador ha prohibido que se traduzca la palabra de Dios al lenguaje vulgar. También sabemos que habéis estado en Alemania, en casa del hereje Philipp de Melanchthon y que tradujisteis antes el libro de un hereje. Solo por lo ya referido sois digno de muerte, pero creemos que estáis confuso y que, en la búsqueda de la verdad, os habéis extraviado de la verdadera religión. Por todo esto, nada puede impedir que recibáis el tormento por vuestros pecados.

Al principio Francisco se quedó sin palabras, no esperaba aquel ataque directo.

—Lamento vuestras palabras, no esperaba que después de tratarme con tanto cariño y familiaridad ahora me ataquéis con esta inquina. Me habéis alabado durante todos nuestros encuentros, pero debían de ser palabras huecas y falsas. ¿Cómo podéis defender que la lectura de las Sagradas Escrituras inspiradas por el Espíritu Santo es perniciosa? Dios nos dio este libro para nuestra salvación e inspiró a profetas y apóstoles para que lo escribiesen. La voluntad de Dios es que sus santos Evangelios se extiendan por todo el mundo. Además, que yo conozca, no hay ninguna ley del emperador que prohíba la traducción de la Biblia. Nuestros compatriotas deben saber cuál es la verdadera religión y la única forma de averiguarlo es con la lectura de la Biblia, que denuncia muchas de las cosas que practica la falsa religión. No sabía que era un crimen vivir en Alemania y relacionarme con Lutero o sus colaboradores, ya que el emperador y muchos de sus consejeros los han hecho en numerosas ocasiones. Lo único por lo que el emperador os dio mi libro era para que juzgarais si su traducción era correcta o no.

El fraile frunció el ceño.

—Vuestra traducción hasta donde he leído es impecable, la alabaría si se hubiera utilizado para un libro más profano, pero no puedo permitir que la gente común lea el Nuevo Testamento y caiga en la misma confusión de los alemanes o los franceses.

—Pues entonces no tenemos nada más que hablar.

Francisco se puso en pie y se dirigió a la salida, pero al llegar al patio le salió al encuentro un hombre.

—Tengo que hablar con vos.

—Podéis decirme lo que queráis —contestó el burgalés. Cuando salió de la reja comprobó, para su asombro, que había un gran número de soldados que lo esperaban y lo apresaron en cuanto traspasó la puerta del convento.

CAPÍTULO 31

La cárcel

*«Cada uno favorece su partido,
aunque sea tal el crimen que no se
pueda defender con razón».*
ERASMO DE ROTTERDAM

Bruselas, 13 de diciembre del año de Nuestro Señor de 1543

EN CUANTO FRANCISCO DIO CON sus huesos en la cárcel de Bruselas supo que su vida había cambiado para siempre. No hay nada peor que verse acusado de un crimen que no se ha cometido. El oficial acompañó a Francisco hasta la cárcel, al parecer tenía órdenes de Granvella, uno de los ministros del emperador.

El oficial pidió al carcelero que tratase bien al joven español y después dándose la vuelta le dijo:

—Lamento mucho que por asuntos de opinión os veáis encerrado en una cárcel, pero no dudéis en avisarme si necesitáis cualquier cosa. Tened valor, que si sois inocente Dios no os tendrá aquí por mucho tiempo.

Francisco entregó al hombre una nota para el obispo de Jaén, pues confiaba en que su amigo lo sacara presuroso de la cárcel. Él no había cometido ninguna falta contra el emperador ni contra la Iglesia.

En cuanto el joven se quedó a solas, su mente comenzó a turbarse. Se preguntaba cómo Dios podía permitir aquella afrenta, si lo único que había intentado era difundir Su mensaje. Al rato se dio cuenta de que el que había conspirado en su contra no era otro que el diablo, que dominaba el mundo hasta la venida de Cristo y al que le interesaba que la gente siguiera en su ignorancia.

Cuando llevaron a Francisco a otra sala, el hombre que lo custodiaba le dijo de repente:

—Tened ánimo, no sé por qué estáis aquí, pero Dios os guardará y cuidará. Dios tiene un propósito para cada vida y si ha permitido este mal, os dará juntamente la salida. No lloréis en vano, oraré por vos.

El joven español se quedó boquiabierto al ver cómo el mismo Dios le enviaba un consolador en aquel trance tan difícil. El hombre lo abrazó y añadió:

—Sois mi hermano. Si os fiais de mí oraré por vos hasta vuestra total liberación.

Después de aquella conversación Francisco se quedó algo más confortado y escribió a sus familiares para que no se preocuparan por él y, sobre todo, para que intercedieran por su liberación.

Al día siguiente, cuando Francisco había recuperado un poco el ánimo, se acercó hasta él un compañero de prisiones que había visto cómo otro prisionero había tratado de animarlo el día anterior.

—¿Cómo os sentís hoy? Podéis alegraros por muchos motivos de haber venido a este lugar. Lo primero, para que el nombre de nuestro Dios sea glorificado; segundo, para que conocieseis a la persona con la que ayer hablasteis, que no era un carcelero.

Francisco se quedó sorprendido.

—Entonces, ¿de quién se trataba?

—Es el señor Gilles de la ciudad de Brabante, perteneciente a una próspera familia de la ciudad, pero que por causa del evangelio se encuentra encerrado como nosotros. Tiene treinta y tres años y jamás ha hecho nada contra otro hombre, nadie puede hablar mal de él pero, como vos, se encuentra encerrado injustamente.

El español se quedó maravillado ante aquella presentación.

—Lo detuvieron en su ciudad por ayudar a los más pobres y desfavorecidos: cuando la peste se desató, lo vendió todo para socorrer a los demás. Llevó a su casa a los extranjeros y a los desvalidos. A todos les enseñaba las doctrinas de Jesucristo. Gilles salió de su ciudad y continuó haciendo el bien por los Países Bajos hasta que le capturaron en Lovaina y lo trajeron atado hasta Bruselas, para llevarlo ante los jueces.

En aquel momento apareció Gilles y con una sonrisa preguntó al español cómo estaba.

—Bien, mucho mejor que ayer. Gracias por vuestras palabras.

—No temáis lo que pueda haceros el hombre —le dijo. Apenas había terminado la frase cuando escucharon pasos que se detenían delante de la celda de Francisco y unos soldados se llevaron al joven burgalés custodiado.

Aquel día no fue interrogado, pero le advirtieron que en unos días vendrían los agentes del emperador para interrogarlo. Cuando llegó el momento, Francisco estaba aterrorizado, lo único que le infundía confianza eran las palabras de Gilles, que cada día lo animaba con sus oraciones y su valor.

Aquel día entraron en la prisión los comisarios del emperador, todos eran miembros de su consejo privado y se contaban entre los hombres más poderosos de su tiempo. Todos los prisioneros se pusieron en pie al verlos llegar. Después de saludar a Enzinas en francés, se lo llevaron a una sala privada.

En cuanto se hallaron a solas con el reo, los comisarios cambiaron el semblante y su amabilidad desapareció.

—Francisco, ya que habéis conspirado contra el emperador, buscando la traducción de libros perniciosos para la fe y la corona, estamos aquí para que seáis franco y sincero con nosotros. Os pedimos que colaboréis de buen grado o de lo contrario deberemos hacerlo por la fuerza.

—Les diré la verdad, porque no tengo nada que ocultar. No he sido acusado de ningún delito contra Dios ni contra los hombres. Soy inocente y no temo lo que pueda hacerme el hombre —contestó el joven, primero con voz temblorosa y, más tarde, recuperando el ánimo, de forma más firme.

Los comisarios comenzaron a leer unas preguntas que llevaban escritas, y donde Francisco reconoció la mano del confesor. El interrogatorio fue largo, le preguntaron en qué lugares había vivido, qué gente había conocido en ellos y por último algunas cuestiones sobre el Nuevo Testamento. Se les hizo de noche y se dispusieron a regresar al día siguiente.

La familia de Enzinas vino desde Amberes para visitarlo por la mañana, pero cuando llegaron ya se encontraban los comisarios en pleno interrogatorio y no se les permitió ver al preso.

Tras otro largo interrogatorio Francisco quedó agotado y tan desanimado que cuando a la mañana siguiente sus familiares quisieron verlo, se negó, pero Gilles lo convenció de que le haría mucho bien.

Para su sorpresa, el tío y el resto de familiares de Francisco entraron en la celda con el mayordomo del obispo de Jaén.

Su tío se acercó y le dio un fuerte abrazo.

—Cuánto lamento que os encontréis aquí —le dijo mientras miraba la celda húmeda y fría.

—No os preocupéis, Dios es fiel y justo y conoce mi causa.

El mayordomo del obispo se acercó hasta él y le narró brevemente lo que había dicho su amo al ver que lo apresaban.

—El mismo día el obispo fue a ver a Granvella y le preguntó por qué os habían apresado. Este le narró que Pedro de Soto le había comentado que erais peligroso. Que habíais vivido en Wittenberg y hecho amistad con herejes y que ahora habíais traducido al español vuestro libro para causar en España tantos males como Lutero en su nación.

—¡Será ruin! —exclamó el joven.

—Por eso el ministro del emperador decidió encerraros.

El tío de Enzinas puso una mano sobre el hombro de su sobrino que, tras la furia inicial, se había quedado completamente hundido.

—Nosotros también hablamos con ese fraile, nos comentó lo mismo, le imploramos que permitiera vuestra libertad, pero alegó que no podía hacerlo, aunque lamentaba mucho vuestra prisión.

—Es un mentiroso y un hijo de Satanás.

—Ya os dije que era una locura traducir el libro y ensañarlo al emperador —dijo su tío, pero al momento se sintió mal.

—¿Debemos obedecer a Dios o a los hombres?

Ante aquella pregunta de Francisco, ninguno supo qué responder.

CAPÍTULO 32

Huida

«Con la cara más dura que una piedra,
hemos depuesto todo pudor, abandonado todo
sentido de la vergüenza e imitamos, igualamos,
dejamos atrás a los paganos en avaricia,
ambición, lujo, fasto, tiranía».
ERASMO DE ROTTERDAM

Bruselas, 1 de enero del año
de Nuestro Señor de 1544

LA CÁRCEL ES UN LUGAR solitario, aunque se esté rodeado de gente. Francisco sentía esa vacuidad del alma, como si al robarle la libertad, en cierto sentido, le estuvieran quitando también el hálito que lo convertía en hombre. Lo único que calmaba su alma era la oración y el tiempo que pasaba escribiendo. Las visitas lo distraían, aunque la mayor parte eran portadoras de malas noticias, como aquellas que le contaron sobre lo que le había sucedido a su amigo Francisco de San Román.

La última vez que Francisco vio a su paisano se dirigía convencido al encuentro con el emperador Carlos V para hablar con él de la verdadera fe. Llegó a Ratisbona para citarse con su destino. En la ciudad se estaba celebrando la dieta y San Román creía que era el momento propicio para hablar con su majestad. Al ser

rechazado por los secretarios y ante la negativa de que el emperador le recibiera, el obstinado San Román insistió hasta tal punto
que el emperador mandó prenderlo.

Los hombres de Carlos V lo detuvieron con el fin de ser
llevado a España para ser juzgado por los inquisidores. Durante
meses siguió los pasos del emperador, atado a un carro de bueyes
como si fuera un animal. Tras el largo viaje llegó a Valladolid
donde fue procesado por dos jueces, uno de ellos era fray Bartolomé de Carranza, que intentó convencerlo para que abjurase
de su fe, pero al no hacerlo, terminó ajusticiado por el brazo
secular y quemado en la Plaza Mayor de Valladolid el 23 de
abril de 1542. Años más tarde, aquel que había sido su juez,
Bartolomé de Carranza, fue condenado por herejía y tuvo que
escapar de España.

Francisco era consciente de que cada vez era más férreo el
yugo sobre los que no aceptaban las imposiciones del imperio y
de la Iglesia, lo que le hacía temer por su vida.

A principio de año habían asesinado a Josse van Ousberghen y
ahora le tocaba el turno a Gilles, que otros llamaban Egidio Tiel-
mans, con el que el burgalés había entablado una buena amistad
desde que ingresó en prisión.

—En unos días me van a llevar a otra cárcel, pero únicamente
es para que espere allí mi muerte —dijo Gilles.

Francisco se acercó a su amigo para infundirle algo de aliento
y, tras orar brevemente, le comentó:

—Puede que yo también muera. Hace unos días este pensamiento me hubiera hecho temblar de temor, pero ahora sé que
estamos en manos de Nuestro Señor. La muerte han de temerla
los que no creen en Cristo, pero nosotros sabemos que Él nos

espera con los brazos abiertos al otro lado del velo desgarrador que temen todos los seres humanos.

Aquellas palabras de aliento animaron a Gilles. Unos días más tarde, cuando se confirmó la sentencia, los alguaciles lo llevaron a una prisión cercana al ayuntamiento de Bruselas, donde habían levantado una gran pira. La mañana de la ejecución, la multitud comenzó a abuchear a las autoridades que temieron una revuelta. Llevaron a la plaza a casi un centenar de soldados para que la gente no impidiera el cumplimiento de la sentencia. Cuando Gilles subió hasta la plataforma, comenzó a hablar, pero un verdugo le golpeó en la boca y, tras atarlo a un palo, lo amordazó.

El fuego consumió el cuerpo del pobre hombre mientras se retorcía de dolor. Nadie pudo ver su rostro cubierto con una capucha, pero si lo hubieran podido observar, habrían comprobado, para su asombro, que en el último minuto, antes de que su cara fuera borrada por el fuego, contempló la gloria de Dios y eso le hizo recobrar fuerzas.

―――――――――――

A pesar de las reclamaciones de la familia de Francisco, el joven pasó más de un año en prisión, mientras Pedro de Soto seguía sumando pruebas para que lo ejecutasen. A primeros de año regresó el emperador a Alemania y las persecuciones se incrementaron en los Países Bajos y en los territorios católicos del imperio. Hasta el predicador de la regente María de Hungría huyó ante el temor de acabar en la hoguera. Las esperanzas de que Francisco saliera con vida de la cárcel eran cada vez más remotas. El joven español pudo haber escapado varias veces de la cárcel, pero como confiaba en la justicia se negó a escapar repetidas veces; ahora que las medidas de seguridad eran extremas, no le quedaba otra opción que esperar un milagro.

El 1 de febrero, Francisco apenas tocó la cena, porque estaba acongojado de ver cómo sus amigos y compañeros eran asesinados, y porque sentía que la muerte no tardaría mucho en alcanzarlo. Sus amigos intentaron animarlo, pero él prefirió retirarse antes a su celda. Tuvo un impulso y se dirigió a la primera puerta de la prisión para ver de lejos la calle, necesitaba mirar fuera. Cuando se apoyó en la puerta notó que se movía, la zarandeó un poco y sin mucho esfuerzo la abrió. Atravesó el umbral y al llegar a la segunda puerta le pasó lo mismo; la tercera solía estar abierta hasta que todos se iban s dormir, por lo que la franqueó sin dificultad y se vio en la calle. La noche era muy oscura y al principio no supo a dónde ir. Recordó que un buen amigo vivía en la ciudad y comenzó a buscar su casa. Aunque no recordaba las calles después de tanto tiempo en prisión, no tardó en dar con la casa y llamar a su puerta.

—¿Qué hacéis aquí vos? —le preguntó su amigo sorprendido.

—Dios me ha liberado —le contestó Francisco mientras su amigo le pedía que entrase.

—¿Dónde podría esconderme? —preguntó el español.

El hombre se quedó pensativo, era consciente de que las autoridades no tardarían en buscar al prófugo y que uno de los primeros sitios en donde lo harían sería en su casa.

—Será mejor que partáis hoy mismo de Bruselas.

Francisco se despidió de algunos amigos que había en la casa. Su amigo lo acompañó hasta la muralla, le dio ropa de abrigo y dinero. Buscaron un punto en la muralla para descender sin demasiada dificultad y lo dejó solo tras indicarle la dirección hacia Malinas. Tenía que volver antes de que los alguaciles visitaran su casa para preguntar por Francisco.

Tras llegar a Malinas supo que un carruaje salía aquella mañana para Amberes, lo tomó y se sentó al lado de un hombre vestido con una capa negra.

—¿Sois español? —preguntó el hombre al verlo subir.

Al principio no supo qué responder, pero terminó por afirmar con la cabeza.

—Cada vez se ven menos españoles por estos lares.

—La verdad es que sí.

Los dos hombres entablaron una larga conversación hasta llegar a la ciudad. A las dos horas ya se hallaba en la ciudad sano y salvo. Se alojó en una hospedería y mandó una nota a sus amigos para que supieran lo que había sucedido. Al salir a comer algo vio que el hombre del carruaje también se hospedaba allí, pero, tras saludarlo, se fue con uno de sus amigos. Al principio no se dio cuenta de que su amigo estaba pálido de miedo.

—¿Qué os sucede?

—¿No sabéis quién es ese hombre?

Francisco negó con la cabeza.

—Es el hombre más perverso del país, Luis Sol, el que está reuniendo pruebas contra vos.

El joven burgalés notó que la boca se le secaba. Dios no solo lo había librado de la cárcel, además lo había protegido de su peor enemigo. En ese momento comprendió las palabras de Gilles cuando le dijo que todo lo que le había sucedido redundaría para el bien del evangelio, aunque lamentó que el destino de su amigo fuera la muerte, mientras que a él Dios le prolongaba su vida un poco más.

CAPÍTULO 33

La muerte de un amigo

*«De la diferencia nace la discordia,
y de la discordia viene el apartamiento
de la unidad».*
ERASMO DE ROTTERDAM

**Wittenberg, 17 de febrero del año
de Nuestro Señor de 1545**

LA CIUDAD DE WITTENBERG LO acogió como a un héroe, aunque su único mérito había sido sobrevivir y en eso había tenido poco que ver. En cuanto le contó a Philipp Melanchthon todas sus aventuras este lo animó a que escribiera un libro. No le pareció mala idea narrar sus experiencias y sobre todo alertar a todos los que intentaran acercase al emperador de que este no podía estar más alejado de la verdadera religión. Sabía que un libro así sería tomado por las autoridades imperiales como un acto más de rebeldía.

Se pasó lo que quedaba de invierno y la primavera siguiente redactando el primer borrador. Tuvo momentos muy tristes cuando recordó y escribió sobre la muerte de buenos amigos suyos.

En verano recibió las invitaciones de varias ciudades que deseaban escuchar su historia. En agosto viajó hasta Leipzig y un hombre llamado Joachim Camerarius lo ayudó en sus asuntos económicos, ya que las autoridades españolas habían confiscado todos sus bienes. Regresó a Wittenberg y escribió a varios de los personajes más importantes de su época, porque quería saber, como el apóstol Pablo, que su predicación no había sido en vano; aunque el que más le preocupaba era su hermano Diego, que aún estaba en Roma. Temía que los inquisidores quisieran vengar sobre él la fuga de Francisco. Pero no era el único que tenía que temer las iras del emperador y de su confesor. Al parecer, los inquisidores habían advertido a la familia de Enzinas en España que si Francisco no se entregaba embargarían todos sus bienes.

Su padre, Álvaro, le escribió ordenándole que se reuniera con su hermano en Roma, ya que por su culpa había tenido que dar un préstamo altísimo al emperador para poder burlar un castigo peor.

Francisco decidió dejar la seguridad de Alemania y viajar a Estrasburgo en el verano de 1546, donde estuvo unos días con Martín Bucero.

El predicador alemán había sido el gran reformador de la ciudad. En su intento de reformar la iglesia principal de la ciudad había sido excomulgado por Roma. Siempre había sido un hombre moderado, que incluso había mediado entre Lutero y Zuinglio por sus diferencias doctrinales. Había intentado unir a católicos y protestantes, aunque sin éxito.

El día que Francisco llegó a la ciudad, el reformador le recibió en su casa.

—He oído hablar de todas vuestras aventuras y cómo Dios os ha librado de una muerte segura.

—Gracias.

—Después de muchos intentos, al final Europa se perderá en una guerra interminable entre hermanos. Estoy seguro de que con un poco de buena voluntad la Iglesia volvería a unirse, pero los temas dogmáticos parecen más importantes que el mandamiento de Cristo. Toda la ley se resume en amar a Dios sobre todas las cosas y al prójimo como a nosotros mismos.

—No puedo estar más de acuerdo —contestó Francisco.

—El emperador antes estaba más abierto a un acuerdo, pero cada vez se rodea de personas más extremistas.

—Como Pedro de Soto —contestó Francisco.

—Exacto, pero será mejor que no hablemos de las desgracias de la cristiandad, Dios sabe lo que hace con Sus hijos. Contadme vuestras aventuras.

Un par de días más tarde llegó a la ciudad Juan Díaz, un español de Cuenca, que se había acercado a la fe en París, después de estudiar Teología en Alcalá de Henares. Tras visitar Ginebra, decidió convertirse y tras darse a conocer como un excelente traductor viajó a Estrasburgo para conocer a Bucero.

—Juan Díaz, me decís —interpeló Francisco.

—Sí, señor Francisco, he escuchado de vuestro valor en Bruselas.

—No tuve valor alguno, fue la misericordia de Dios —comentó el burgalés.

—Ojalá todos tuviéramos vuestra fe, nuestros compatriotas viven tan engañados...

Unos días más tarde los tres viajaron a la Dieta de Ratisbona, aunque Francisco sabía que era muy arriesgado. La muerte de Lutero hizo que la dieta quedara suspendida, pero propició un hecho relevante para nuestro relato y es que un representante católico reconoció a Juan Díaz: el dominico Pedro de Maluenda le contó a Pedro de Soto que había visto a Juan Díaz de la mano del hereje Francisco de Enzinas. Llegaron los rumores a los oídos de Alfonso Díaz, el hermano gemelo de Juan, jurisconsultor en la curia de Roma en el tribunal eclesiástico de la Rota.

Tras unos días en Estrasburgo, Francisco viajó a Zúrich, cuya reforma pilotaba Heinrich Bullinger, un teólogo mucho más moderado que su antecesor Zuinglio.

Ahora que los rumores de guerra parecían ser más reales que nunca y que la lucha entre protestantes y católicos era inevitable, Francisco, que necesitaba perspectivas más pacíficas, tras pasar unos días en la ciudad y dudando de si ir a Roma, decidió viajar a Basilea, conocida por contar con las mejores imprentas de Europa.

En cuanto llegó a la ciudad se enteró de lo que había acontecido a Juan Díaz, tras su encuentro con su hermano en Neuburg, el hecho más terrible que se había escuchado en Europa desde hacía años y que dejó a Francisco totalmente desanimado. La historia de Juan Díaz tenía que ser contada para que el mundo supiera hasta qué punto podía llegar el fanatismo dogmático, y lo contrario que era este a la verdadera religión. En un momento de intolerancia, las palabras de Francisco de Enzinas tenían que sacudir a Europa y cambiar por completo la guerra fratricida que se estaba fraguando en el continente.

CAPÍTULO 34

El libro que salvó a Europa

«Un solo crimen convierte en un maldito».
ERASMO DE ROTTERDAM

FRANCISCO QUEDÓ SUMAMENTE conmovido por la muerte de su buen amigo Juan Díaz. Se habían conocido hacía poco tiempo, pero habían cultivado una gran amistad. Juan lo había persuadido para que abandonase su idea de regresar a España o visitar a su hermano en Italia. Sabía que los inquisidores estaban esperando cualquier paso en falso para apresarlo, por no hablar de la inquina que le tenía Pedro de Soto, que se retorcía de rabia por no haberlo podido ejecutar cuando lo tuvo en la mano en Bruselas.

La forma en la que murió le había dejado una profunda huella. Por eso mientras se encontraba en Basilea decidió escribir un libro en latín sobre la muerte de Juan Díaz.

Juan Díaz era un sabio y prudente teólogo, que pertenecía a una familia noble española y que era un gran especialista en griego y latín; aprendió hebreo y desde el principio tuvo el deseo de dedicarse al estudio de las lenguas en las que estaba escrita la Biblia.

Francisco comenzó su relato del fatal desenlace entre los dos hermanos gemelos, como si de una moderna versión de Caín y Abel se tratara.

Era Juan Díaz un hombre joven tocado por el halo de la inteligencia y la sabiduría. Su acercamiento a Dios fue paulatino, tras mucho meditar en las Sagradas Escrituras y leerlas en sus lenguas originales, las estudió durante más de trece años en París. Quedó prendado de la doctrina de la gracia, ya que durante toda su vida había vivido bajo el yugo de la esclavitud de las obras. Lo había visto fugazmente en París cuando visité a mi tío, pero nos hicimos amigos en Estrasburgo, mientras compartíamos con Martín Bucero el pan y las palabras. Enseguida pensé que buenos españoles estaban sirviendo a la verdad. Viajamos juntos a Ratisbona con la vaga esperanza de que católicos y reformados llegasen a algún acuerdo, la persecución a los nuestros parecía más cruenta que nunca y no pocos católicos eran perseguidos en principados protestantes, pero Dios, en Su gran sabiduría, se llevó a nuestro Martín Lutero y todas las negociaciones se interrumpieron. Mientras yo me marchaba de allí, mi buen hermano Juan Díaz se dirigió hasta Neuberg para supervisar la impresión de un folleto de Bucero.

Las mordaces manos de la inquisición se pusieron en marcha. En el Coloquio de Ratisbona, Pedro de Maluenda había hablado con Juan Díaz y lo había reconocido. Al parecer informó de inmediato a Pedro de

Soto, que a su vez se lo contó a Alfonso Díaz, abogado del tribunal de la Rota en Roma.

Alfonso Díaz dejó Roma y se dirigió a Alemania con el deseo de llevar a su hermano de vuelta a casa y corregirlo de sus errores. Su hermano Juan lo recibió con mucho agrado y comenzaron a discutir temas de teología. Alfonso simuló pensar de forma parecida a la de su hermano para atraerlo a Roma y alejarlo de la pestilente Alemania, pero al final Juan no quiso irse a Roma y, en cambio, viajó a Augsburgo. Su hermano Alfonso lo siguió con un sirviente, quería intentar convencerlo por última vez. Al ver que Juan no cedía, se marchó la noche del 27 de marzo, pero unas horas más tarde regresó a la casa con la intención de matarlo, para así salvar la vergüenza y la afrenta de la familia. Juan Díaz bajó a abrir la puerta algo aturdido por el sueño, se sorprendió al ver de nuevo a su hermano, esta vez acompañado por su sirviente Juan Prieto. Antes de que pudiera reaccionar, el sirviente lo golpeó varias veces con un hacha hasta derrumbarlo en el suelo. Los dos asesinos huyeron, aunque fueron capturados en Innsbruck. Alfonso adujo que había actuado en nombre del emperador y fue liberado con su criado. Al llegar a Roma, la curia felicitó a Alfonso por haber asesinado a su hermano, pero la culpa lo persiguió hasta que se quitó la vida en Trento.

Francisco revisó varias veces su relato y se puso en contacto con el impresor Johannes Oporinus en Basilea en octubre de 1546.

A los pocos meses todo el mundo en Europa conocía la historia de la triste muerte de Juan Díaz y los reformados se negaron a ir al Concilio de Trento en protesta por lo que le había sucedido al famoso reformador español.

Francisco había cambiado la historia de nuevo con su pluma.

CAPÍTULO 35

Segundo viaje a Inglaterra

«Finalmente se llegó al extremo de introducir todo Aristóteles en el corazón de la teología y de forma tal que su autoridad es casi más venerable que la de Cristo».
Erasmo de Rotterdam

Basilea, marzo del año de Nuestro Señor de 1547

EL SUEÑO DE FRANCISCO ERA convertirse en editor, el mundo de los libros le fascinaba y parecía prendado por el aroma de la tinta cuando acariciaba el papel. Sabía que muchos clásicos no estaban traducidos al castellano y que sus compatriotas no podían disfrutarlos en todo su esplendor. Su idea era traducir, imprimir y vender libros clásicos griegos y latinos, alejándose de la polémica en la que se encontraba la Reforma en aquel momento. Los odios sectarios parecían más desatados que nunca, no solo entre católicos y protestantes, también entre los mismos reformados.

Basilea era un buen sitio para vivir, se respiraba paz y tranquilidad, pero su alma estaba inquieta y llena de pensar. Al enterarse

de la muerte de su hermano Diego en Roma —tras intercep-
tar los inquisidores una carta que este había escrito a Martín
Lutero unos años antes, el joven Diego fue encarcelado, torturado
para que denunciase a sus compañeros y después quemado en la
hoguera—, su alma se había roto por dentro. Aunque aquel epi-
sodio había sido definitivo para que Francisco se centrara en sus
obras de traducción y sus sueños de convertirse en editor.

La tranquilidad en la ciudad no duró mucho tiempo. Tras la
persecución en algunos lugares cercanos a Basilea, prefirió regresar a Estrasburgo, que parecía un lugar mucho más seguro. A su
llegada conoció a la mujer que le cambiaría la vida, se llamaba
Marguerite d'Elter.

Bucero recomendó a Francisco para que fuera profesor en
Cambridge. Al principio era algo reacio al viaje, pero ahora que
iba a ser padre de familia, creyó que Inglaterra era un buen lugar
para criar a su bebé. Allí podría traducir con más tranquilidad las
obras de Plutarco, Livio o Luciano.

A los pocos meses de su llegada a Inglaterra, Bucero fue a
Inglaterra, tras ser expulsado de Estrasburgo, y se quedó con ellos
un tiempo.

—No me acostumbro a Inglaterra —confesó Francisco a su
amigo.

—¿Por qué?

—El arzobispo Cranmer nos ha tratado muy bien, pero no me
gusta el dominio del rey sobre la Iglesia. Es un hombre disoluto y
no sé cómo puede representar con su vida disoluta a Cristo. Hasta
el emperador a su lado parece un santo.

—Nuestro amigo Laski también está pensando en venir, el
continente ya no es seguro. Tienes que pensar en tu familia.

—Estamos en manos de Dios, además ahora me conformo con simplemente dedicarme a vivir de los libros y cuidar a mi familia. Nadie se acordará de mí en un par de años.

—La inquisición te busca en España, en los Países Bajos y en Italia. Ni Alemania es segura en este momento.

—No me gusta dar clases particulares a esos burros de Cambridge, la mayoría son hijos de nobles y no tienen el menor interés por el estudio del griego.

—Pero las clases a los hijos de la duquesa de Suffolk te permiten vivir holgadamente.

Enzinas miró a su amigo con cierta admiración, siempre había sido un hombre prudente y equilibrado, pero no le había servido de mucho. Los extremistas eran los que al final parecían ganar todas las partidas.

La llegada de su amigo Laski, unos meses más tarde, lo convenció de permanecer durante más tiempo en Inglaterra, pero su corazón ya no se encontraba allí. El 5 de noviembre de 1549 decidió regresar a Basilea para probar suerte.

CAPÍTULO 36

Impresor y editor

«La esencia de la felicidad
consiste en que aceptes
ser el que eres».
Erasmo de Rotterdam

Basilea, 3 de diciembre del año
de Nuestro Señor de 1550

LAS COSAS SE ESTABAN PONIENDO difíciles en Inglaterra y Enzinas estaba preocupado por su familia. La mayoría del tiempo lo pasaba escribiendo cartas y buscando un impresor que fuera de fiar. En la ciudad no parecía haber ninguno de su agrado, por lo que abandonó Londres y acudió a Zúrich para ver a Agustín Fries.

—Me decís que imprima vuestros libros en Basilea, pero no tengo el permiso de las autoridades de la ciudad.

—Martín Bucero les pedirá que os permitan hacerlo —contestó Francisco.

—Pero primero tienen que darme permiso las autoridades de aquí.

—Yo lo arreglaré todo —dijo Enzinas plenamente convencido.

A las pocas semanas de regresar a la ciudad el burgalés se enteró de que las autoridades de Basilea acababan de prohibir editar cualquier libro que no fuera en el idioma de la ciudad.

Los contratiempos no eran algo que lograse torcer la voluntad del español. Por lo tanto, convenció al impresor para que llevase sus máquinas a Estrasburgo, donde sí podría imprimir sus libros en castellano. Lo que no le había confesado era que, además de las traducciones de clásicos griegos y latinos, deseaba traducir la Biblia completa al castellano.

En mayo lograron trasladar la imprenta a la ciudad, el burgalés quería que estuviera a pleno rendimiento pronto. Añoraba mucho a su mujer y su hija, que, aunque se encontraban en buenas manos, vivían muy lejos de él. En varias ocasiones Francisco había suplicado a su esposa que se reunieran en el continente, pero ella había contestado que la niña era demasiado pequeña para un viaje tan largo y peligroso.

A las pocas semanas de instalarse en la ciudad, el español recibió la grata sorpresa de que su esposa había salido de Inglaterra y se dirigía a su encuentro con su hija y la sobrina que la había ayudado durante su larga ausencia.

CAPÍTULO 37

La peste

*«¿Para qué derriba con trabucos los lugares el
que tiene las llaves del reino de los cielos?».*
Erasmo de Rotterdam

Estrasburgo, 15 de diciembre del año
de Nuestro Señor de 1552

EL HOMBRE HACE PLANES y Dios sonríe. Francisco llevaba
varios años intentando llevar a cabo sus proyectos de traductor y
editor, pero sin mucho éxito. Justo cuando parecía que comenzaba
a sonreírle la fortuna la peste comenzó a arrasar toda Europa. No
era la primera vez que la muerte negra azotaba el continente, pues
algo más de un siglo antes había arrasado buena parte de Asia y
Europa. Desde entonces pequeñas oleadas habían sacudido ciudades y reinos, recordando a los mortales cuán frágiles eran sus
vidas y qué sencillo terminar con ellas.

Francisco pensó en escapar de la ciudad y refugiarse en algún
pueblo aislado del interior, sabía que el aire puro y la soledad eran
dos buenos aliados contra aquella enfermedad terrible, pero estaba
en tratos con Johannes Oporinus para que imprimiera su obra.
Oporinus vivía en Basilea y su disponibilidad era muy limitada,
aunque logró un año antes que sus dos primeras obras traducidas

175

vieran la luz. Al final optó por la opción de que fuera Fries, el impresor que se había llevado a Estrasburgo, el que imprimiera sus dos nuevas obras: la primera en salir fue *Vidas paralelas*, de Plutarco y más tarde la *Historia verdadera*, de Luciano. Sabía que el prestigio de este no era como el de Oporinus, pero ya no tenía más paciencia para esperar una impresión mejor.

Aquel año había sido muy fructífero, ya que había logrado entrevistarse en Ginebra con Juan Calvino y recaudar fondos para su ambicioso proyecto de traducir la Biblia completa al castellano. Aunque siempre había pensado que si Dios bendecía aquel asunto buscaría la forma de hacerlo.

Francisco dejó la ciudad y se dirigió a Augsburgo para unos asuntos personales. Mientras Francisco se encontraba en Augsburgo se enteró de que el emperador estaba a las afueras de Estrasburgo para conquistarla. Una vez más la vida de Carlos V se cruzaba con la suya. Pero unas semanas más tarde logró regresar a la ciudad con cierta seguridad. La guerra, el hambre y la muerte estaban acechando a Francisco. En un invierno especialmente duro, la peste llegó de nuevo a Estrasburgo y llamó a la puerta de la familia Enzinas.

CAPÍTULO 38

Muerte y desgracia

*«El varón prudente y bueno todo
le pone en abreviar la plática».*
ERASMO DE ROTTERDAM

Estrasburgo, 30 de diciembre del año
de Nuestro Señor de 1552

«NI LA VIDA NI LA muerte valen nada, solo Dios salva» recitaba la esposa de Francisco al lado de su lecho. No creía que fuera a morir, era fuerte y joven, apenas había cumplido los treinta y cuatro años, le quedaban muchos sueños por conseguir y una próspera y larga vida.

Marguerite lo quería con toda su alma, había sido monja antes de abrazar la nueva fe. Muy joven había entrado en el convento de Mons, tenía vocación y un sincero propósito de servir a Dios, pero al descubrir que la verdadera religión no se alcanzaba a través de los ayunos ni de las fatigas, tuvo que escapar a Basilea en 1547. Allí la acogió Jaques de Nourgogne, señor de Falais, que le presentó a Francisco de Enzinas en Estrasburgo. Apenas llevaban cuatro años juntos, pero para ella había sido como si llevasen toda la vida.

Mientras secaba el sudor del enfermo, era consciente de que ella misma podría enfermar, pero no le importaba la muerte, prefería acompañar a su marido en aquel trance antes que separarse de él. Su sobrina cuidaba a las niñas en la casa de unos amigos, ya que cuando Francisco cayó enfermo decidieron que las llevarían a otro lugar.

—¿Por qué hacéis esto por mí? Será mejor que regreséis con las niñas. Si Dios quiere sobreviviré, pero si no lo desea no hay nada que hacer para mantenerme en este mundo. Me ha costado comprender toda la vida que estamos en Sus manos, que Sus cuidados y mimos nos hacen levantarnos cada día. Qué tonto fui al confiar en mi propia prudencia, qué infantil al creer que había algo que pudiera hacer por mis propias fuerzas. Somos obra de Sus manos y Él es el que cuenta nuestros días en la tierra.

—No habléis de ese modo, Dios os sanará. Aún os necesitamos en este mundo.

—Como decía el apóstol Pablo, prefiero partir, pero no quiero dejaros solas, entonces no sé qué elegir, pero sé que con Él estaré mucho mejor. He visto a hombres matar a otros en nombre de la fe; vender su alma por un poco de oro, placer o gloria. He pecado muchas veces. Siempre quise fama y me arrimé a aquellos que ya la tenían. Ahora que entiendo que mi galardón es Cristo tengo que partir.

Su esposa intentó retener las lágrimas.

—Lo lamento por los viejos amigos que no tienen mi consuelo, por aquellos a quienes los engaños de este mundo los han alejado de Cristo. Cuánto me gustaría sentirme anatema para salvarlos a todos ellos.

—No habléis, guardad las fuerzas.

—¿Fuerzas? Dios es mi fortaleza.

En cuanto pronunció aquellas palabras entregó su espíritu. No hubo hombre más grande entre las letras españolas en aquella década, pero murió en el más absoluto anonimato de los de su nación. El burgalés más ilustre de su siglo fallecía en la ciudad de Estrasburgo. Sus hijas se quedarían desvalidas para siempre, ya que unos días más tarde, el 1 de febrero de 1553, su esposa moriría de peste.

Epílogo

LA BODA DE ANNA ELTER no fue muy alegre. Echaban de menos a varios familiares muy queridos que habían muerto por la peste unos años antes, aunque poder ayudar a las hijas de su tía era una de las cosas que más la animaban. Margarita y Beatriz eran dos niñas obedientes, pero tristes. Habían vivido un año en un orfanato de la ciudad, lo que había marcado sus vidas para siempre. Aunque su prima iba a verlas semanalmente, se habían criado sin el cariño y sin el calor de sus padres.

Anna aún recordaba cuando en 1553 fue a por ellas al orfanato tras recibir la patria potestad por las niñas. Aquel domingo con Guillaume Rabot de Salène, oficial de caballería, logró sacar a sus pobres primas de aquel infierno. Las dos niñas llevaban sus mejores ropas, pero parecían raídas y sucias. El día de su boda en cambio parecían dos ángeles venidos del cielo.

Al ver a su prima se acercaron a ella tímidamente y la abrazaron. Mientras lo hacían Anna pensó en sus pobres padres, cuánto les habría gustado cuidar de ellas. Miró al cielo que se mostraba más azul que nunca y se dijo que la vida era un regalo tan escaso que bien harían todos en tratarla como el bien más preciado.

Algunas aclaraciones históricas

LA HISTORIA DE FRANCISCO DE Enzinas es veraz, fue un hombre que luchó para que la Palabra de Dios estuviera en el idioma de sus compatriotas. Narró todas sus vicisitudes en su obra *Historia de statu Belgico et religione Hispanica. Wittenberg, 1545.* Fue la primera vez que un español escribía sus memorias y se convirtieron junto a su edición en francés en su libro más leído.

La vida de Diego Enzinas también es verídica; también su muerte a manos de los inquisidores en Roma.

Juan Díaz fue asesinado por su hermano Alfonso y ese crimen conmocionó a la cristiandad.

Se cree que el Nuevo Testamento publicado por Juan Pérez de Pineda se basó en los trabajos de Enzinas y que el Nuevo Testamento que compone la Biblia del Oso de Casiodoro de Reina también se basó en la traducción de Enzinas. Incluso se piensa que ya tenía muy adelantada la traducción del Antiguo Testamento.

La vida de Julián Hernández es real y su muerte, en Valladolid, lo convierte en el primer mártir protestante.

El encuentro entre Juan Luis Vives y Francisco es ficticio, aunque hubiera sido posible que se conocieran.

La descripción de la relación entre Francisco y Philipp Melanchthon es real, este lo acogió en su casa en Wittenberg.

Pedro de Soto, confesor de Carlos V, fue uno de los más activos perseguidores del protestantismo en la primera mitad del siglo XVI.

Breve reseña de Francisco de Enzinas y su hermano Diego

FRANCISCO Y DIEGO DE ENZINAS eran hijos de un comerciante burgalés. Diego era el menor y, junto a su hermano, cursó sus estudios en la Universidad de Alcalá de Henares. Entre el personal docente se encontraba su tío Pedro de Lerma, que por sus ideas luteranas tuvo que huir años más tarde a Francia. Diego fue enviado a los Países Bajos para seguir sus estudios. Al principio lo hizo en Lovaina, donde su hermano Francisco había ido a estudiar en junio de 1539. Posiblemente fue en esta universidad donde entró en contacto por primera vez con gente reformada, pero deja la ciudad porque sus padres le aconsejan que marche a París. En una carta habla de los precios prohibitivos de París y de la falta de interés en profesores y alumnos, aunque lo que terminó de desengañar a Diego de la ciudad del Sena fue la enconada persecución a los protestantes. Al parecer fue testigo del asesinato y tortura de un joven llamado Claude le Peintre, cuyo sufrimiento debió de ser terrible, ya que, tras ser repetidas veces castigado con el potro, le cortaron la lengua y después lo quemaron. En París, también conoce a Juan Díaz, otro reformado del que hablaremos más adelante. Diego deja la ciudad y vuelve a Lovaina, marchando poco después para Amberes, donde editará su catecismo en lengua española. Sus padres, que querían alejarlo del protestantismo, lo envían a Roma, desde allí escribe una carta a Georg Cassander, un amigo de Lovaina. En ella comenta su disgusto con la ciudad y afirma que únicamente lo retiene en ella el respeto por sus padres, también alude a un esperanzador concilio que cambie la lamentable situación en la que se encuentra la Iglesia.

El padre de Diego siempre había deseado que su hijo se dedicara a la vida religiosa, mas la «Ciudad Eterna» no era ciertamente el mejor sitio para un «hereje». Antes de regresar a los Países Bajos, otro español, que se encontraba en Roma, al conocer su filiación protestante lo denuncia a las autoridades. Desde Roma, Diego escribe a un amigo:

«En las Sagradas Escrituras dice que el que añada o quite alguna cosa o distorsione algo, poniendo de él mismo, está cometiendo una gran impiedad, el buen cristiano tiene que sufrir y llanamente entregar su vida».

El juicio contra Diego de Enzinas levantó mucho revuelo en la corte pontificia. Tras una larga disputa el español fue conminado a retractarse y ante su negativa fue procesado y ejecutado el 20 de enero de 1547. Melanchthon escribió a Francisco lamentando la muerte de su hermano el 23 o 27 de enero, Calvino también escribió una carta a Francisco el 14 de abril del mismo año de 1547.

Francisco de Enzinas debía tener unos veinte años cuando se matriculó en la Universidad de Lovaina, corría el año 1539. Parece que allí entra en contacto con las ideas reformadas y lee el libro de Romanos. La amistad con Cassander fomentó que Francisco se moviera en los círculos protestantes de la ciudad. Su padre deseaba que dejara el estudio de los libros e ingresara en la carrera militar, pero su hijo nunca accedió a ello. El deseo del joven burgalés era dedicar su vida al servicio de Dios y con este fin se encaminó a

Wittenberg, la cuna y fuente del protestantismo en aquella época. Antes de su partida, pide cartas de recomendación a Jan Laski y emprende su viaje, pasa por París con la intención de ver a su tío, Pedro de Lerma, que morirá ese mismo verano de 1541. Después Enzinas habla de la causa del exilio forzoso de su tío en París, que él relaciona con proposiciones bíblicas, mencionando el caso de otros profesores perseguidos por la inquisición como Juan Vergara, Mateo Pascual, y que otro tanto le hubiera pasado a Alfonso y a Juan de Valdés en caso de permanecer en España.

Francisco se matriculó en la Universidad de Wittenberg el 27 de octubre de 1541, convirtiéndose en el primer español matriculado en la universidad cuna del protestantismo y vivió durante un tiempo en la casa de Melanchthon. Durante este periodo el joven estudiante se dedicó a traducir el Nuevo Testamento a la lengua castellana desde el griego original. Al terminar la traducción se encamina a Flandes con la intención de publicar su obra, en el año 1543.

Su primer paso fue visitar a Jan Laski, su antiguo amigo, luego acompañó a Albert Hardenberg, al que convence para que deje el convento y se dirija a Wittenberg. Después va a Lovaina e intenta sin éxito que algunos profesores de la universidad revisen su traducción del Nuevo Testamento, mas el desconocimiento de la lengua castellana por parte de los profesores y la ola de persecuciones hacía imposible que se cumplieran sus deseos. Tan solo unos días antes, los magistrados de la ciudad mandaron apresar a veintiocho vecinos acusados de herejía. Francisco fue testigo de la suerte que corrieron la mayor parte de estas personas, algunas quemadas, y en el caso de las mujeres se les concedió la merced de ser enterradas vivas.

En otoño de 1543 la edición del Nuevo Testamento ya estaba terminada. En el prólogo se incluye una dedicatoria al emperador, donde lo exhortaba a defender a sus súbditos evangélicos y aceptar la verdadera religión. Las esperanzas puestas en Carlos V se desvanecieron, cuando este mandó secuestrar la edición. La actitud del burgalés fue valiente y decidió ir al encuentro del emperador que había llegado hacía poco tiempo a sus territorios flamencos.

El 24 de noviembre de 1543 Francisco de Enzinas estaba frente a las murallas de Bruselas. El problema ahora fue cómo acercarse al emperador. Su primer paso fue pedir audiencia al obispo de Jaén, Francisco de Mendoza, con el fin de conseguir un encuentro con el monarca. Este muestra su simpatía tanto por el proyecto, como por el osado joven que quiere llevarlo a cabo. El camino hasta Carlos se ha abierto milagrosamente.

Al día siguiente el joven burgalés fue recibido, y podemos imaginarnos su estado de ánimo, los nervios por la calidad de la misión y de la persona con la que tiene que enfrentarse. Por si esto fuera poco, tuvo que estar presente en el almuerzo real. Al terminar, el obispo se dirigió al emperador introduciendo el caso que le había traído allí. El burgalés comentó con entusiasmo su proyecto ante Carlos, el cual, según contaría más tarde el propio Francisco, no entendía que el libro del que hablaban era una porción de las Sagradas Escrituras. La ignorancia regia le desanimó al principio, llenándole de indignación, ya no tanto hacia el emperador como hacia sus consejeros espirituales que lo mantenían en la ignorancia.

Carlos le pregunta: «¿Quién es el autor de este libro?». A lo que él contestó: «El Espíritu Santo, majestad imperial, es el autor, por cuya inspiración los santos apóstoles han escrito en lengua griega estos divinos oráculos de nuestra salvación para todo el género humano; yo soy únicamente un siervo y débil instrumento que ha traducido el libro del original a la lengua española». «¿Al castellano?», preguntó Carlos. «Sí, señor, a nuestro castellano; y ruego a vuestra majestad quiera ser el defensor y favorecedor de esta obra». El emperador respondió: «Sea como deseáis, siempre que en el libro no haya nada sospechoso».

Después de retirarse a una habitación contigua y ojearlo, el emperador aprueba que se edite el libro tras una revisión de sus asesores. Carlos dio a leer a su confesor, el dominico Pedro de Soto, el ejemplar del Nuevo Testamento. De Soto tenía una gran influencia sobre su señor, ya que por su cargo estaba muy cerca de los pensamientos y debilidades de Carlos, aprovechando su privilegiada posición. El religioso, contrario a la Reforma, ideó un plan para impedir la edición del libro y secuestrar al autor; con este fin simula estar de acuerdo con su publicación, pero antes desea hablar con el propio traductor. Francisco volvió a la ciudad y dirigiéndose al monasterio de los dominicos para verlo, tras una larga espera, fue informado de que De Soto estaba con Granvella y que no puede recibirlo.

A la mañana siguiente vuelve el español a visitar al confesor real, esta vez consigue verlo. El dominico se comporta de forma amigable y le pide que regrese por la tarde. A las tres vuelve Enzinas al monasterio y escucha una lección de Pedro de Soto sobre el libro de Hechos, capítulo 1. El burgalés se queda sorprendido de la ignorancia del confesor y de la mala calidad de su latín. De Soto no lo recibirá a la hora convenida, haciéndolo esperar nuevamente. La situación empieza a extrañarle y decide marcharse, pero en ese momento llega el dominico y le ruega que vaya con él a su celda.

La pequeña habitación es un verdadero altar, las paredes están llenas de imágenes de todo tipo y Francisco se siente asfixiado en un ambiente tan ajeno a su experiencia religiosa. El dominico toma de una vieja estantería un volumen muy usado, se lo extiende al joven y le indica una página para leer, Enzinas tiene entre sus manos una de las obras de Alfonso de Castro. Las páginas que ha señalado De Soto son una disertación sobre el terrible «daño» producido por la lectura de la Biblia en lengua vulgar y un elogio de los reyes españoles por no haber permitido esta «desgracia» en tierras hispanas. Después de esta atragantada lectura, la situación se hace aún más violenta. De Soto empieza a recriminar su imprudente actitud y las malas compañías que frecuenta. Le echa en cara su estancia en Wittenberg y su amistad con Melanchthon.

Tras la desagradable entrevista con De Soto, Enzinas desea salir del convento lo antes posible. Cuando cruza la última puerta se cree a salvo, pero está equivocado. En ese mismo instante, varios hombres se abalanzan sobre él y lo toman preso. El joven burgalés termina en la cárcel de Vrunte.

Su experiencia en la cárcel no fue del todo negativa. La narración que hace de esos meses en sus *Memorias* nos describe un trato humano por parte de los carceleros; entre otras cosas, se le permitía recibir visitas de familiares, del criado del obispo de Jaén y de dos caballeros, uno borgoñón y otro español.

En sus *Memorias*, Francisco narra con gran viveza su caso y el de otras personas perseguidas por la inquisición. Sus conversaciones con los dos caballeros anteriormente citados son una rica fuente de información sobre la vida de San Román, Alfonso y Juan de Valdés, Juan de Vergara, Pedro de Lerma (tío suyo) y Roque. Estos reformados ocupan las líneas de su libro mostrándonos sus desgracias y desvelos, haciendo un análisis de la salud social de España, que se completa aludiendo a otros personajes de rasgos más negativos que los anteriormente citados como el arzobispo de Compostela, don Gaspar de Ávalos, los inquisidores y la monja cordobesa, Magdalena de la Cruz. De repente un suceso inesperado va a liberarlo. Un día, estando Francisco en la cárcel, al apoyarse en la puerta de su celda, vio que cedía. Salió con cierto recelo y con la misma facilidad atravesó las otras dos puertas sin encontrar a nadie que lo detuviera. Había logrado escapar de manera milagrosa. Después de pedir ayuda a un amigo, abandona la ciudad. En el camino deberá sortear otro peligro insospechado: viaja en una carroza que lo conduce a Amberes, junto a uno de sus perseguidores, Luis Sol, que, al parecer, había estado reuniendo testimonios para acusarlo.

El joven burgalés huyó a Wittenberg y durante un tiempo vivió con Melanchthon. Inmediatamente, se dictaron órdenes de captura contra Francisco. Las presiones de sus padres lo hicieron partir para Italia en el año 1545, ya que De Soto se había preocupado de confiscar sus bienes y poner en peligro los de su familia, pero su amigo, Juan Díaz le hace desistir de tan arriesgado proyecto. El viaje no había sido en balde, ha conocido a personajes como Bucero y Bullinger. Bucero le ayudará a imprimir dos libros, uno narra la trágica muerte de Juan Díaz, que había perdido la vida pocos días después de su encuentro con él; el otro es una dura crítica contra el papa y el Concilio de Trento. En esta época, su hermano Diego muere asesinado por la inquisición en Italia.

Tras casarse, Francisco y su esposa parten para Inglaterra, él enseñará durante algún tiempo en la Universidad de Cambridge, sobre todo gracias a la recomendación de Melanchthon a

Crammer y el rey Eduardo. En el año 1549 vuelve al continente y publica tres libros —traducciones de libros de Livio, Plutarco y Luciano— ayudado por Bucero.

Al regresar al continente y tras una breve estancia en Ginebra, muere a causa de la peste junto a su esposa, Marguerite d'Elter, el 30 de diciembre de 1552.